Sandra La Pana

MILKA GRACIA

Derechos de autor

Todos los derechos reservados

Los personajes y eventos que se presentan en este libro son ficticios. Cualquier similitud con personas reales, vivas o muertas es una coincidencia y no algo intencionado por parte del autor.

Ninguna parte de este libro puede ser reproducida ni almacenada en un sistema de recuperación, ni transmitida de cualquier forma o por cualquier medio, electrónico o de fotocopia, grabación o de cualquier otro modo sin el permiso expreso del autor.

Imagen de portada: Ricardo Muñoz

ISBN:

B0B3NDN7RD

AL LECTOR

La presente es una obra de fantasía que pese a la crudeza en las historias de los encuentros sexuales en el relatados (que una mente abierta puede disfrutar en su lectura), las situaciones hablan, en el fondo, es del empoderamiento de la mujer como dueña de su cuerpo y del bienestar que el mismo a cada persona puede proporcionar lejos de cualquier tipo de prejuicios que, si bien le dan alguna organización al tejido social, también limitan y encajonan.

ESTIMADO LECTOR

La ortografía, la sintaxis y todas las materias del leguaje son importantes y hay que respetarlas, pero, dado que esta es una edición independiente sin apoyo de terceros, le pido de antemano me excuse por las fallas que en el cuerpo de este texto pueda encontrar.

Gracias

ÍNDICE

EN LAS CALLES

Tres meses, tres semanas y tres días completaba Sandra desde el inicio de su viaje y, contados desde su nacimiento hasta el comienzo de esta aventura: veintiún años. Su vida entera; o no. Su hijo, siempre su hijo sería la vida entera para Sandra, la Nerd, como les gustaba llamarla a sus amigas ocasionales de la noche por su título en filología de culturas hispánicas de la universidad central de Caracas, desde cuándo cualquier noche de frío y pocos clientes, se le salió la nostalgia de contarles de su vida a sus compañeras de venderse en las calles relatándoles algunos pasajes de esta. Comprendió el error cometido con su confesión apenas salida de sus labios. Las tres chamas de tertulia al unísono le dijeron: ¿y qué es esa joda?

No quiso explicárselos. ¿Para qué ponerle una mordaza a sus sueños? Aquellos que compartía con Luisito, su chamito, su hijo de dos años ya largos, a quien no quiso dejar atrás en su nativa Mérida. Lo trajo consigo en su viaje de inmigrante ilegal a Colombia. Como a muchos coterráneos de su natal Venezuela, le tomó tres días llegar a Bucaramanga, partiendo desde la frontera en las ciudades hermanas de San Antonio en Venezuela y Cúcuta en Colombia, atravesando en territorio colombiano las brumas de sus páramos. En estos, las autoridades de inmigración tenían establecidos campamentos permanentes de paso con motivo de auxiliarlos a ellos, los inmigrantes que hasta allí lograban llegar. Esos campamentos, auspiciados y manejados por la cruz roja, desde cuando se inició la emigración masiva de los ciudadanos venezolanos a otros países a causa de las escasas y aún nulas posibilidades de lograr un sustento suficiente y digno para vivir en su patria. Allí estaban para aliviar las penurias de estos viajeros, donde les suministraban comida y cobijo por uno o dos días en su viaje. Les evitaban a los más débiles de entre ellos caer muertos por acción de la hipotermia o les regresaban en buses a San Antonio, si es que en ese momento desistían de su aventura.

Ella completó su viaje, pero no pensaba quedarse en esta ciudad intermedia, veía como esta no podía ofrecerle algo profesionalmente atractivo. Desde el comienzo lo tenía claro. Esta ciudad era para ella solo un alto en el camino. Un lugar de paso para buscar ganar fuerzas y algo de dinero para llegar a Bogotá, la capital de Colombia. En ella se encontraban ya radicados algunos coterráneos amigos suyos que la animaban a llegar hasta allá, para buscar desempeñarse en algo más afín a sus estudios, así fuera esta coincidencia remota. Sabía a ciencia cierta que Bucaramanga no era el sitio para ejercer su profesión, pero sus fuerzas, por el momento, ya no le daban para continuar su viaje a

Bogotá. Recordaba como decidió darle un timonazo a su rumbo cuando cumplió dos meses de andar deambulando y mendigando por estas calles con menguados resultados. Eran muchas las manos extendidas pidiendo y disputando lo poco que se podía sacar de entre algo de opulencia y mucha pobreza imperante en esta ciudad. La vida le había enseñado como vivir es una ruleta donde las propias fuerzas no bastan para obtener los resultados deseados, también hay que contar con la suerte, así sea torciéndole el cuello a la misma. A ella la suerte no le había mostrado aún su sonrisa.

Claro, también existe la posibilidad y se puede buscar girar fuera de las normas y la moral sustentadas en unos principios que se muestran inútiles en tiempos de penuria en procura de la supervivencia como los que ella estaba atravesando, cuando la vida se reduce a buscar sobrevivir junto a Luisito, su hijo por quien era la causa central para haber emprendido su viaje.

Las decisiones más importantes de su vida, desde su ingreso a la universidad, habían estado ligadas a Luisito. En el momento que supo cómo estaba embarazada decidió tenerlo sin importar el costo que tuviera que pagar para lograrlo. No fue una decisión fácil cuando todo parecía jugar en su contra. Tuvo que batallar a cada instante para lograr traerlo al mundo buscando al mismo tiempo continuar su carrera para sacarla adelante. Ahora, a cientos de kilómetros de su patria en su condición de una emigrante ilegal, Era mejor no pensar en esas dificultades sino en el goce y los buenos momentos desde que él llegara al mundo para darle una razón de ser a su vida. En esta nueva situación, cuando la precariedad estaba intentando acabar con ella, era un buen momento para volver a tomar un nuevo rumbo para alejar esta condición.

Desesperada tomó la decisión de venderse en las noches en estas mismas calles del diario mendigar en sus días. Ahora lo suyo sería un negocio en que ella, por suerte, tenía sus cartas marcadas. Con su cuerpo bien torneado, el precioso color canela natural de su piel, envidia de muchas mujeres. Con su culo y sus tetas generosas, proporcionadas y sin excesos. Con su cara, con las facciones de reina de belleza en su inocente frescura, con todo ello, estaba logrando seducir a sus clientes, mejorando su vida y haciendo algún dinero, el cual, cuidadosa, repartía para cubrir sus necesidades y ahorrar, pues en esta sociedad, el éxito se mide siempre en términos de dinero.

Vendiéndose en las calles estaba consiguiendo este propósito. Con ello había logrado salir de sus deudas, mandar algo a su vieja hundida en las penurias de su querida Mérida, tener algún ahorro mientras decidía si seguir o no su viaje a Bogotá, mientras tanto se estaba dando cuenta como el sexo es un pozo inagotable para darse gusto.

A ella, le habían apoyado en su decisión sus compañeras de inquilinato, quienes ya se dedicaban a esta labor y le hacían ver como para ella la misma sería un éxito. Antes de tomar su decisión, calculó con base en lo relatado por sus amigas de cuanto podías ser sus ganancias, regocijándose por anticipado de las mismas, mientras, muy dentro de ella, en sus cavilaciones, gemía por tomar este camino y de temor lloraba.

Esta noche ajustaba ya un mes y tres semanas en el oficio, bueno, la verdad tampoco la ejercía a diario, solo de miércoles a sábado, dándose tres días libres cada semana. Ya había pasado el tiempo suficiente para mudar de su enojo inicial a dejarse llevar por las sensaciones recorriendo su cuerpo que erizaban su piel y le hacían sentir un calor en su entrepierna de un modo muy frecuente. Deambulaba por las calles en zapatillas y minifalda, con escotes profundos semi transparentes que dejaban marcar la oscuridad de sus aureolas y la firmeza de sus pezones erectos, invitando con ellos a sus clientes a acariciarlos. A medir y explorar las distancias en la cruz formada horizontalmente, por sus senos y, de modo vertical, por la humedad de sus labios donde; arriba estaba el cielo húmedo de su boca y abajo, aquella excavación donde sus clientes sembraban la semilla que, al eyacularla dentro de ella, por momentos aplacaban la angustia de sus vidas en sus carnes cada día dispuestas.

Cada relación íntima sostenida con estos hombres lúbricos que antes de la misma parecían falsamente insaciables, pues al final eran menesterosos en su lucha con la vida, hambrientos de dejar correr sus instintos. Eso la llevaba de vuelta atrás, hacia su virginidad perdida en una noche de farra en la universidad, con aquel hombre moreno, guapo y con innegable encanto de estudiante de la facultad de ingeniería ya próximo a graduarse. Ella para entonces solo andaba conociendo los terrenos de la universidad y en especial de su facultad. Blandía para entonces su pecho y sus caderas para mostrarse segura en su condición de primípara o recién llegada a sus aulas que, los avezados, sabían, era únicamente una fachada para cubrir sus temores.

En su primera noche de calles tuvo dos clientes. Ambos le hicieron ruborizarse. El primero de pena y asco al sentir las ajadas manos de un anciano recorriendo su cuerpo. Él bañó en saliva sus senos mientras le obligaba a sostener su mano sobre su miembro flácido y le penetraba con sus dedos, tal vez soñando en ello una erección y eyaculación casi inexistente. Se quiso bañar, pero en el cuartucho donde había tenido lugar este primer acto nada más había en el piso algo de papel higiénico para el aseo imprescindible que por supuesto no necesitó. Salió corriendo. Llegó jadeando a la tienda en la esquina del parque, punto de encuentro de las andantes nocturnas y sus clientes. Pagó con los sucios billetes recién ganados un aguardiente doble y se reconfortó a sí misma pensando cómo esto era solo un momento de disgusto. Con seguridad habría mejores más adelante.

FRANK

Frank tenía su cuerpo tatuado por completo. El pecho, la espalda, sus brazos y piernas, hasta el cuello y las falanges de sus dedos. Él fue su segundo cliente de su primera noche de estar de callejera. En todo fue distinto al viejo que le tocó en suerte de primero y quien sin saberlo la inició en su camino de puta.

—¡Ey Frank!, ¿buscando alguna nueva? —Le gritaban las chamas habituales de la esquina del parque, punto de reunión de las muchachas alegres del sector al verlo aparecer en su moto, una Yamaha 660 siempre reluciente. Ellas ya conocían del trato explícito que mantenía él con Lucía, su esposa, de darle a él plena libertad de acostarse con quien se le antojara, en tanto la dejara a ella tranquila, quien ocupaba mucho de su tiempo en camándulas como pago por algún arrebato vergonzante.

Cris, la pareja desechada de turno, también estaba allí mostrando su disgusto y mala cara, Una señal de cómo, quien aceptase las pretensiones de Frank quedaría graduada de su enemiga declarada. Ella no perdía la ilusión de retenerlo.

Sandra, la Nerd, no tuvo ocasión de decidirse o saber de tales tratos y pavadas. Él simplemente la tomó y jaló de su brazo hacia la moto para llevarla a un motel relativamente decente. Sin acuerdo previo. Sin mediar palabra. No hubo ocasión para establecer el valor de su servicio. Ella aceptó con gusto. También, ya instalados en el cuarto del motel, sin preguntarle, la besó junto a la cama con la sapiencia de un avezado en estas lides. La despojó de su top y de su falda, deslizando sus prendas hasta el suelo para quedar ella, a excepción de sus sandalias, plena y desnuda.

La levantó sin esfuerzo para acaballarla en su cintura, donde ella, por instinto, lanzó sus sandalias al suelo y entrelazó los pies tras la espalda de Frank. Con sus manos atrajo el rostro de este varón de su agrado para fundirse en sus labios. Los saboreó con deleite por el lapso de un par de minutos los que le parecieron una gozosa eternidad mientras sentía correr por su cuerpo oleadas de sangre hirviendo. Como un mantra, esto alivió su furia; esa rabia que llevaba encima por su vida en la miseria atravesada por un deseo de revancha. Se fundió a él para convertir ese rencor en una llama naciendo dentro suyo llevándola a un mar de placidez burbujeante que en ese instante la consumía entera.

No era una sensación nueva. Ya la había experimentado en la universidad de su nativa Mérida con Paul, el estudiante prospecto de ingeniero de quien se enamoró y fue todo para ella y, en el fondo, nada para él por el año y medio que duró esta relación entre los dos y, por seguro, el padre de Luisito, ya que, hasta el término de esta relación él era el único hombre con quien ella había experimentado las delicias del sexo.

Paul, a fuerza de engaños, se aprovechó de su ingenuidad. Estableció en ella un vasallaje por ese largo trecho, desde sus diecisiete a su entrada a la universidad hasta el momento de conocer de su embarazo.

Por unos meses la cortejó con dulzura hasta lograr su entrega. A partir de ese momento, las cosas entre los dos se fueron agriando con reproches por los celos enfermizos de Paul, que fueron derivando en tratarla como una cualquiera, siendo a diario ultrajada y, en contadas ocasiones, mimada si ella le mostraba alguna intención de alejarse con tretas ara hacerla sentir culpable. Ella era una nada a su servicio y este privilegio, otorgado a sus ojos por ella, lo mantuvo hasta el día cuando enterado de su embarazo quiso inducirla a abortar y al ella negarse, a fuerza de golpes, quiso sacar a Luisito de su vientre.

Toda su convivencia junto a Paul estaba almacenada en su mente como en un disco duro que la hacía estremecer. Este torbellino estallaba ante la mínima chispa que lo recordara para ser de nuevo una realidad asfixiante. En la boca de Frank retornó a la fiesta universitaria donde se conocieron con Paul y ella le acepto varias cervezas cubiertas en sus besos. Fue el mejor tiempo de los dos y desde allí estaba marcada. Los jardines universitarios detrás de la tarima de la orquesta se acompasaron en su ritmo con los gemidos de las parejas desnudas o a punto de estarlo gozando de sus cuerpos. Desde la media noche en ese sitio corrió el desenfreno. Allí llegó ella ebria y desgonzada intentando caminar, con su brazo del cuello de Paul. Él la sostenía de su cintura para guardar algo de compostura. Sin previo aviso la dejó caer en un espacio vacío entre dos espléndidos rosales florecidos.

En ese instante se apagaron sus recuerdos para ser reemplazados por la incandescencia en sus ojos heridos por la luz del bombillo de la habitación donde ahora se encontraba con Frank. Él la había bajado al borde de la cama, haciéndola girar para quedar de espaldas a él. Hizo que ella levantara su cadera apoyada en sus rodillas, la penetró empujándola con firmeza atrayendo hacia si su cintura, estando ella en la posición de una loba en celo con su rostro entre las sábanas, la penetraba gozando ella al recibir los embates de su virilidad, mordiendo en su pasión las ya, en su sudor, húmeda ropa de cama, anhelando un abrazo que le hiciera sentir en esta relación casual un futuro a su lado. Así soñó la felicidad por varios minutos.

Desde esta posición vio como él se sacaba su camiseta deportiva jalándola desde detrás de su cuello para tirarla al piso. Vio cómo desabrochó el pantalón y liberaba el cinturón en su bluyín de sus pasadores para doblarlo en dos tomándolo con sus manos de los extremos para retrayéndolo y extendiéndolo con fuerza tres veces produciendo un chasquido en cada ocasión mientras se situaba al borde de la cama para levantar la correa por encima de su cuerpo. Soltó el extremo en la mano izquierda llevando atrás la derecha preparando así el cinturón para asentar con este un golpe en sus posaderas. Ella alcanzó a tratar de huir, pero solo logró dejar su cuerpo extendido sobre la cama, dejando expuestas sus preciosas nalgas que todo mundo admiraba. Sintió al instante sobre ellas el beso de fuego del cinturón con sus carnes de una intensidad controlada. Un gemido que aunó a la vez dolor y placer salió de su boca, produciendo una fuerte erección en Frank, quien, abandonando el cinturón, volteándola de nuevo boca arriba, se acostó sobre ella cargando parcialmente su peso sobre sus brazos para no aplastarla.

Ella aprovechó el instante para colgarse de nuevo de su cuello y atraerlo hacia si para volver a fundir en intensos besos sus labios. No la rechazó. Por lo contrario, los dos exploraron con intensidad sus bocas. Al tanto, Frank liberó de este abrazo su rostro para dirigirlo a sus senos y en conjunción con sus manos, también ansiosas juguetear con ellos, mordisqueándolos y apretándolos mientras ella gemía de placer, ansiosa de ser de nuevo penetrada. Para ello trabajada con sus manos y piernas buscando liberarlo de su pantalón hasta obtener como premio a su esfuerzo el contacto dentro suyo este miembro digno de su hombría dispuesto a complacerla.

La poseyó con firmeza estableciendo un rítmico vaivén de sus cuerpos sobre el lecho. Ahora era él quien sediento buscaba su boca, haciéndole olvidar el hambre, que era una sensación física casi permanente alojada en su estómago. Ambos se saciaron en ello, dejando escapar con breves pausas gemidos profundos de placer aunados in crescendo. Fueron por el prolongado y contenido tiempo necesario, una bola de fuego, de sudor, de guturales quejidos junto a una danza de luces en movimiento dentro de sus cerebros hasta explotar al unísono en un éxtasis que consumió el remanente de las fuerzas de sus cuerpos para dejarlos un par de minutos unidos uno junto al otro, abrazados, respirando el aire de esta bocanada de dicha caída a ellos del cielo como premio a su esfuerzo, hasta cuando ella, siendo la primera en hablar desde cuando se vieron dijo simplemente:

—¿Nos vamos?

Él, deseoso de volver a poseerla, pero temiendo empañar la intensidad de este primer acto. Le concedió su petición, sin comprender, que ese no era el deseo de Sandra, sino una generosa puerta de escape que ella le ofrecía, presintiendo alguna debilidad en él por ahora incomprensible para ella, quien solo dijo:

—Sí, vamos, te llevo.

Este fue el único gesto de magnanimidad ofrecido por él. No hubo ningún otro intento de gentileza o cariño para Sandra. Al salir de la habitación le entregó unos billetes a su saber por su servicio. A ella no le importó, únicamente aprovechó mientras estaban en la moto en camino de regreso al parque para abrazarse fuerte a su cintura y soñar sintiendo dulce, el golpear del viento en su cuerpo. Al llegar, ella se bajó preguntándole:

—¿Cuándo vuelves?,

A lo que él contestó de modo lacónico:

—Espérame, yo te vengo.

Lo que ella acogió con esperanza mientras él aceleraba la moto, dejándola allí sumida de nuevo en su dura realidad.

LUCHANDO POR FRANK

Apenas Sandra se apeó de la moto viendo alejarse a Frank, Cris, la exquerida de Frank, se acercaba para atacarla.

Se abalanzó sobre ella sin darle tiempo a prepararse.

Una fracción de segundo después, cuando las dos iban camino al suelo, por el impulso del golpe, al haber perdido el equilibrio, pudo reconocerla.

Se trataba de Cris, la colombiche moza hasta ayer de Frank. El chulo de la moto y trajes de cuero. Que le den por el culo, pensó. Él la había escogido ahora a ella y, por tanto, era suyo. Un varón para tirar con gusto y sin pretensiones de santa. Sus pensamientos corrían en su mente a la velocidad del rayo mientras Cris se acaballaba sobre ella castigándola a cachetadas. Desde el suelo Intentó arañar su rostro, pero Cris esquivaba cada uno de sus intentos. Bajó entonces su objetivo. Rasgó la blusa de su rival dejando desnudos sus pechos morenos. Sus carnes tenían la dureza del diario rebusque en las calles y estaban teñidos por el sol, como todo su cuerpo, de un color bronce, en el que sus músculos marcaban vetas en su piel, que cualquier niña rica pagaría en gimnasio una fortuna por tener su color y firmeza. Logró atrapar las tetas de Cris cómo dos palomas al vuelo con la fuerza que un águila de caza ase su presa en el aire de modo firme. Cris cayó al piso a su costado, vencida ante el dolor intenso que sintió nacer en sus tetas, el cual se ramificaba poderoso hasta el punto G en lo íntimo de su entrepierna, donde se convirtió en una explosión de placer. Sandra aprovechó este desvanecimiento de Cris en su lucha para intercambiar posiciones.

Ahora era Sandra quien estaba a horcajadas sobre Cris y magnánima la increpaba: —¡Que te pasa pinga! —Mientras, mantenía firmes sus manos en las tetas de Cris, pero empezó a bajar su presión sobre ellos al verla vencida hasta el punto en el cual su toque se convirtió en una sensual caricia.

—¡Tranquila!, ¡Tranquila!

Ahora le pedía parar en casi un ruego mientras su mano derecha subió a acariciar el rostro de Cris y empezaba a explorar la suave madeja de su pelo negro buscando calmarla. Cris se reconoció vencida y a la vez consolada y empezó a sollozar diciendo; —no quiero perderlo, no quiero perderlo.

Sandra entendía su angustia. Desde hacía menos de dos horas Frank la había arrebatado y poseído y ahora ella sentía la misma aprensión de Cris ante la idea de llegar a perderlo.

No era una cuestión de amor. Era un salvaje y profundo deseo animal de ser copulada por este macho. Un instinto salido de las raíces profundas del jardín del Edén, donde Eva se rindió a la pasión y reconoció la sensualidad de su total desnudez, allí donde solo había un hombre para saciarla, pero, ellas conocían otras fuentes desde donde el placer podía invadir sus cuerpos, convirtiendo su imaginación en un recurso inagotable. Las dos sintieron al mismo tiempo la necesidad de saciar su deseo en ausencia de un hombre. La tentación de la serpiente venció sus carnes.

Cada una veía a la otra como la personificación del entregado fruto prohibido donde todo el ser se maravilla. Se fundieron en una sola carne en medio del parque, arrancando los jirones que aún tenían por ropa, indiferente a las miradas de asombro de las otras chicas presentes en el lugar y de un par de hombres curiosos buscando en quien aliviar su propia vorágine quienes, de imprevisto se encontraron con este espectáculo fascinante y febril.

Buscaban explorar cada centímetro de sus cuerpos en abrazos y caricias. Se sumergieron en besos interminables donde exploraban el cuerpo acompañando con sus labios esta exploración, bebiendo cada una de ellas el tibio sudor de la otra.

Sus brazos y piernas eran cuál raíces de enredaderas trepadoras tomando posesión de su ahora pareja. Sus manos se adentraban a explorar sus cuerpos recorriendo la profundidad de sus carnes, haciendo subir por todo el ser la sábila nacida allí, donde el poder redentor del deseo encuentra su piedra filosofal al alcance de sus dedos trepidantes.

Los gritos partiendo de las bocas curiosas en su rededor, que hacía un momento les instigaban a enfrentarse a golpes, se silenciaron al presenciar la transformación de la lucha, de un encuentro repleto de furia desbordada a golpes, a este acto donde se presenciaba una ternura conmovedora.

La electricidad de este espectáculo empezó a alcanzar las carnes de los espectadores. Se llenaron de temor pensando no poder resistir esta fuerza que los atraía en su vorágine y optaron por retirarse unos pasos para evitar ser tragados por esta pasión más allá de sus fuerzas. El par de curiosos que deambulaban por el parque cerraron prestos sus negocios para saciar sus rígidas erecciones queriendo estallar dentro de sus pretinas. Ellos bien podrían decir como la casualidad les había entregado una lotería sin anotarse. El recuerdo de esta experiencia les marcaría por siempre en sus vidas como una fuente entregada por un dios generoso y arrepentido de hacer cruzar a tantos el desierto de la vida sin multiplicar para ellos los placeres con los cuales saciar su hambre.

La hermandad de nuestras patrias, nacida en las batallas dadas para alcanzar la libertad de estas. En ellas, los nacidos en cada nación sometida a la corona española en colonias, sus gentes, igual, entregaban en esta lucha la vida por su propio terruño, como por el suelo patrio del hermano. En este acto de pasión se reencontró su esencia en esta cópula de Cris la colombiana y Sandra la Venezolana. Fue una síntesis perfecta donde se dejaron atrás las malquerencias y malas caras que en el fondo habitan en nuestros corazones por la disputa de los dones de la tierra o del Señor, como cada uno quiera tomar el origen de la abundancia o la miseria que nos baña y se multiplica o agota al tener que repartir entre nativos e inmigrantes los numerosos bienes, pero no incontables y, su lucha por poseerlos nos hunde en luchas cargadas de frustración entre históricamente hermanos llenos de resentimientos.

Palmo a palmo, centímetro a centímetro, sus bocas exploraban sus geografías. Que más sensual, que tragar saboreándolo el sudor de sus pieles, o recorrer con sus lenguas sus erectos pezones o hundir está en la cavidad en sus carnes donde encontraban, en la protuberancia de los labios vaginales, un manantial ligeramente amargo y pastoso entregado para la común unión de la explorada y la exploradora, hallando el clímax del placer que en su magia las hizo caer sobre la hierba con el efecto expansivo de cualquier onda explosiva que hiere o mata a quienes ella alcance, pero en este caso, esta onda, si bien las hizo caer a las dos jadeantes y con sus brazos y piernas colgando como desgonzadas ramas, también sus corazones estaban más vigorosos y dispuestos a vivir que unos minutos antes. Igual también lo estaban cada uno de los espectadores de esta vorágine.

Pronto, este final entre las dos marcó para ellas un comienzo. Recostadas sobre el pasto se echaron a reír. Se sentían liberadas. El asunto de Frank, presintieron, no sería tan difícil de solucionar entre ellas. Partieron juntas a buscar en aguardiente, aliviar este calor que aún les estaba quemando. Acordaron un modo de actuar en el futuro, porque al final, esa fue su conclusión y la decisión. Frank pasaba a ser un asunto ligero, sin opacar la importancia de cada una para la otra.

¿Qué saben las cultísimas señoras de sociedad declarándose a sí mismas de mente abierta, o se adornan hablando de ser visionarias del disfrute de los cuerpos del mismo sexo sin ser parte de ello?

Que les den por el culo. Este de siempre el grito de batalla de Sandra, como ella lo concibe. Una fuente de transformar el dolor para convertirlo en una fuente de placer inexplorado. Era a la vez su máximo insulto y bienaventuranza. Si en verdad quieren ser putas y criadas que se pongan en el oficio que subliman.

De mi parte, Sandra, la nerd, con grado en filología y puta en mi hacer, pienso como en ello van unidos la necesidad y el gusto.

Ya en su cuartucho de esta casa de interés social regalada por el gobierno a su arrendador, que él aprovechada para explotar como inquilinato, tras volver de su primera noche de puta, meditaba: para ser mi primera noche y tener en ella tres encuentros: uno de ellos un disgusto y dos terminando en amantes no estaba nada mal, claro que no aspiraba tampoco llegar a tener tantos como Cándida Eréndira, fustigada y explotada por su abuela desalmada.

No está nada mal, pensó a gusto de su logro y las satisfacciones recibidas. Se acostó junto a su hijo Luisito durmiéndose casi de inmediato mientras feliz le acariciaba, recordando, como Frank se había comprometido con ella a conseguirle cupo en un colegio de párvulos regentado por Lucía, su esposa. Una mujer, como le dijeron las otras muchachas de la noche, piadosa, entregada con amor a regentar su obra, pero según algunas también decían, como cada tanto, esta conducta de convicciones religiosas se desviaba

TU NUEVA PERRA

Cinco de la mañana. Sandra despertó despuntando el día. Hoy era para ella un día especial. Sus sentidos estaban alerta. Decidió tomarse unos minutos para leer en su celular algunos artículos y columnas de opinión en la prensa para, en su calidad de filóloga, hacer de su celular un coto de caza y divertirse descubriendo errores de sus autores en las mismas, lo vano de su sentir o de sus planteamientos. Este era un ejercicio que le gustaba hacer con frecuencia para no olvidar sus raíces y sueños. Aún era temprano para levantar a Luisito, por lo que se tomó otros minutos para hacer limpieza y ordenar sus cosas. A las seis despertó a su muñeco, como con cariño le decía a su hijo, y para apropiarse del primer turno en el baño compartido.

La casa de interés social, de esas que por un tiempo regaló el gobierno a algunos ciudadanos, en la que como inquilina ella vivía; de las cuales, algunos adjudicatarios; los pocos, las poseían por haberse anotado y haberlas ganado en esa lotería a cargo del ministerio de vivienda. Otros, la mayoría, por ser lame suelas del funcionario a cargo o por haber pagado una coima al jefe político de este. Donde ellos vivían, tenía su origen en el primer grupo y fue entregada a una pareja de adultos mayores, quienes en carencia de rentas la convirtieron en un inquilinato que alojaba en total a diez personas, contando a los adjudicatarios quienes, aislaron con un mamparo la minúscula sala comedor y allí vivían habiendo alquilado cada una en de las tres habitaciones del tamaño de una estampilla a una familia de dos o tres miembros. Menos mal, a esta hora la ducha del único baño, que igual dividieron para optimizar los servicios de ducha, sanitario y lavamanos compartidos por todos, estaba disponible. Casi nadie se bañaba a diario por aversión al agua siempre helada cosa que a ella le encantaba gozar y sufrir al mismo tiempo.

Cinco minutos le tomó a Sandra esta tarea de bañarse junto a Luisito.

Regresó de nuevo a su cuarto donde lo vistió con un conjunto nuevo con el uniforme de pantalón y camisa e incluso este día su hijo estrenaba los zapatos a usar en el colegio todos los cuales le fueron suministrados en este.

Tomaron después un menguado desayuno de cereal en leche y un banano. Eso era de momento suficiente para ambos. El jardín de párvulos donde, desde hoy, entraría a estudiar Luisito estaba solo a cinco cuadras de su residencia y allí se encargaban de entregarle la alimentación completa a sus alumnos, por lo cual, ella ya no debía preocuparse por atender las necesidades alimentarias de su hijo en las horas de colegio.

A ella le había conseguido el cupo en el mismo, su segundo cliente de aquella, su primera noche en las calles, quien después de su primer mes en ellas, era algo más que su cliente. Era su amante y protector sin llegar a ser un proxeneta. Al menos ella no lo sentía así, pues no le pedía compartir con él sus ganancias.

Frank, era el esposo de Lucía, la dueña del jardín de párvulos de Luisito. Ella, en su trato diario con él, no actuaba como su esposa, sino como su jefe, donde este ejercía en la institución funciones de mensajero y secretario, centrando su relación en estas labores en remplazo de un amor extinto o que tal vez nunca existió entre ellos. Tras su primer año de matrimonio, de una unión de ya más de quince; ella, sin tener un hijo y hastiada de pecar, según su estricta visión religiosa, donde como tal debía catalogarse el acto sexual sin fruto y siendo su vientre estéril, como le habían diagnosticado; sin obtener con Frank placer en el sexo, sino, por lo contrario, desagrado; lo que era para ella un claro signo de que su vida estaba destinada para propósitos más altos como muy claro le advertían sus creencias —la fornicación sin frutos es una perversión y camino directo al infierno—. Por eso, Lucía aceptaba que Frank, ya en cuarenta, para poder satisfacer sus necesidades e instintos sin perderlo tuviera una querida de turno, eso sí, de cambio frecuente, para evitar que él llegará a pensar en dejarla y perder la apariencia de tener un matrimonio feliz. Este era su acuerdo para sostener su unión por largos años y ahora, Sandra, era la elegida, la Nerd como le decían sus amigas de calle y como también a él le gustaba llamarla.

A las 7:00 de la mañana ya estaba lista en la puerta de la casa esperando a Frank, quien le había prometido colocar a Luisito con su esposa Lucía en su colegio y llevarla a presentársela.

Llegó puntual a recogerla.

—Vamos Luisito, no tengas miedo, —animaba Sandra a su hijo, quien se rehusaba a subir a la moto. —Súbete, te vas a divertir.

Al fin el chico tomo valor para hacerlo. Con él al medio, entre ella y Frank, recorrieron el breve trecho a casa de Frank, donde también se encontraba el colegio.

Se dirigieron a la rectoría, donde Frank presentó entre si a sus dos mujeres. De una parte; Lucía, su esposa y de la otra Sandra junto a Luisito el nuevo alumno.

La entrevista entre ellas fue rápida dado que ya iba a sonar la campana para servir el desayuno a los chicos. Lucía, más que examinar a Luisito con intensidad, examinaba minuciosa a Sandra, su madre, vestida con un pequeño top sin mangas, minifalda y sandalias, teniendo colgado a su brazo un pequeño bolso con la bata y útiles de colegio para su chico.

Tras examinar los papeles de admisión ya llenos del chico, poniéndolos a un lado, le preguntó a Sandra:

—¿Ya conocías a Frank?

Frank contestó por ella: —Sí, mi amor; ya nos conocíamos y tomando a Luisito y el bolso con sus cosas se marchó diciendo:

—Ya van a servir el desayuno, voy a llevarlo al comedor y salió con él de la mano cerrando tras de sí la puerta.

Sandra quedó de pie ante el escritorio de Lucía, un tanto desconcertada. Por un minuto entero estuvieron frente a frente examinándose sin cruzar palabra.

Lucia era una mujer de cuarenta, aún fresca en sus facciones. De piel blanca, pelo castaño vistiendo un traje sastre y zapatos cerrados de tacón alto.

Inesperadamente, le dijo:

—desnúdate.

Sandra alzó sus cejas en señal de desconcierto, ante lo cual, Lucía repitió ya no como una petición sino como una orden:

—Tú eres la nueva amante de Frank,

—¡Desnúdate! —Quiero examinarte.

Un sudor frío recorrió la piel de Sandra.

Lucía se adelantó hacia ella dando un rodeo a su escritorio y tomando en su mano una regla de madera que estaba sobre el mismo, ya a su lado, le propinó un reglazo a Sandra en sus nalgas, como las había golpeado Frank la noche en que se conocieron y él la arrastro a un motel para poseerla.

Lucía repitiendo su orden casi en un grito:

—¡Que te desnudes, te he dicho! —propinándole un segundo reglazo sobre sus nalgas, sintió correr su sangre pidiendo ser accedida, por lo que, entrando en calor, obedeció sin vacilación, despojándose de sus tres únicas prendas:

Su top, su minifalda y sus sandalias, ya estaban en el suelo cuando Frank entro de nuevo.

Dirigiéndose a este, le dijo:—¿Esta es tu nueva perra?

—Si es ella. —Contestó él mientras abrazaba fuerte a Sandra por la espalda anidando sus senos en sus manos.

—¡Cómetela! —Le increpó Lucía a Frank.

Él, sin decir nada, soltó su correa y desabotono su pantalón, dejándolo caer algo más debajo de su escroto para penetrarla. Sandra ya sabía cómo debía doblar su cintura para facilitar ser poseída y apoyándose en esta ocasión en el escritorio de Lucía sintió penetrando sus carnes el agigantado falo de Frank, que empezó empujando y retrayendo su cuerpo a penetrarla con ritmo y fuerza a lo cual Sandra respondía con gemidos de placer.

Ella sintió como de sus piernas brotaba su propia humedad dándole la bienvenida a su hombre, pero su boca estaba ardiendo por besar. Sin pensarlo, tomo a Lucía por sorpresa y atrayéndola hacia sí la besó en la boca con pasión.

Ahora el turno de la sorpresa fue para Lucía, quien por un momento intentó liberar su cara de las manos de Sandra, quien la tenía atrapada, más fue inútil, en tan solo instantes se impuso en ella un gusto de placer que no conocía y la estaba derrotando. Por primera vez en su vida empezó a sentir como el placer del sexo hacía estremecer todo su cuerpo haciendo crispar su piel.

Se venció y se dejó arrastrar en la pasión de estos prolongados besos para terminar buscando a Frank, su esposo, mientras subía su falda y se deshacía de su minúsculo panti, dejando ver su vello púbico bien afeitado en forma de un minúsculo botón sobre la V de su deseo implorándole:

—¡Dame a mí!, ¡dame a mí!

Sandra no quiso interponerse. Intercambió su lugar con Lucía para compartir este hombre que ambas, de distinta forma para sí reclamaban, pero, conservó para sí el manantial de la boca de Lucia mientras la ayudaba a desnudar, sacando su vestido por sobre su cara.

Ahora las dos estaban frente a frente intercambiando besos y caricias en el contacto de sus bocas y sus pechos, mientras detrás de Lucía, en su ritmo constante, Frank las empujaba a las dos.

Todos estaban sudorosos, muy cercanos a explotar, se diría que el sol con sus rayos había convertido la habitación en una bola de fuego.

—Ya no más, no puedo más. —Dijo Lucía deslizándose al suelo, vencida por esa pasión para ella hasta hoy no muy frecuente.

Frank, ya presto a entregar su semilla, buscó con rapidez la lampiña vulva de Sandra, hermosa y suave en su humedad, descargando en ella su fruto, quien lo recibió con gusto, explotando también al sentir dentro suyo el fluido seminal de este, su varón, quien ahora gozaba de su esposa como también de ella, todos los tres, en ese momento llegaron al clímax en forma simultánea.

Todos, al final, sin fuerzas, reposaron por unos momentos en la alfombra para recuperar su respiración.

La primera en ponerse de pie fue Lucía, quien vistiéndose con rapidez empezó a sollozar terminando en un mar de lágrimas mientras le daba a Frank suaves golpes con sus manos en el pecho diciéndole:

—¡Me hiciste pecar¡, ¡Me hiciste pecar!

Él, aún desnudo, la abrazada y aceptaba su castigo diciéndole:

—No mi amor, no pasa nada, todo está bien, no pasa nada.

Sandra, con desconcierto y con pudor, procedió a vestirse y salir, dejando a la pareja sumida en su queja y castigo.

Para quien el sexo había sido hasta ese momento un pecado imbuida esta visión en sus creencias desde el desarrollo de la conciencia en su niñez, casi de manera inexorable la culpa le marcará por el resto de la vida, así por momentos de debilidad o de un ansia siempre aplazada explote en una manera inmensa de placer para terminar en dolorosos arrepentimientos y, Lucía parecía haber sido forjada por alfareros de convento; monjas de clausura donde si en el culmen del placer tienen en su mente a su sacro esposo, ellos subliman o convierten en castigo del maligno el humano placer que, pierde su cualidad de ser humano en esos momentos para ser la encarnación de un dios inducente y pecador.

NO QUIERO VERTE

La primera tarde de ir a recoger a Luisito al colegio, después de haber estado en la mañana gozando del tórrido trio junto a Lucía y Frank, su hijo salió a su encuentro corriendo y lleno de entusiasmo para lanzarse sobre ella en un abrazo que por poco la hace caer, lo que evitó dando una vuelta en redondo con él colgado de su cuello, sostenido por su propio abrazo para contrarrestar la energía de su hijo. Rieron los dos por lo emotivo de este saludo para, una vez recuperado el equilibrio ,mantenerlo apretado junto a su pecho con los corazones de madre e hijo latiendo como uno solo, unidos por su piel. Sandra caminando con él entre sus brazos, escuchaba con entusiasmo las anécdotas en los cuales le refería con lujo de detalles todo lo vivido por él en su día, el cual, no dudó en llamarlo el día más feliz de su vida desde el inicio de su viaje, lo que, a sus ojos de madre, era una inmensa recompensa por los esfuerzos por los dos realizados para estar, en ese momento y lugar, ellos allí.

Su narración incluía: tanto las aventuras que tuvo ocasión de tener, así como las amistades cosechadas con sus compañeros. Le comentó como su profesora, de nombre Lizet, había sido muy especial con él como nuevo alumno. Ella organizó una actividad donde cada uno de los niños de la clase debían presentarse y darme su bienvenida al colegio y al salón.

—Somos doce entre niños y niñas. Todos tenemos cuatro años o estamos próximos a cumplirlos. Cada uno agregaba en la presentación a su nombre que es lo que más le gusta hacer en el colegio. Casi todos los chicos manifestaron como para ellos su actividad preferida son los deportes, en especial el futbol y, las niñas, de su parte, dijeron tener preferencia por los juegos informales, bien fueran físicos, como perseguirse con la lleva, el escondite o venados y cazadores o los juegos de mesa como son el jazz y el parqués.

Luisito estaba eufórico. Uno a uno le contaba todos los detalles de su día. La alegría de su niño era contagiosa para Sandra. Se sonrojó pensando como ella había tenido ocasión de jugar en la mañana algo parecido al juego de la lleva de las chicas, con

Lucía y Frank. Se sonrojó al recordarlo, decidió como era mejor no volver a tener este juego con ellos para evitar consecuencias que pudieran interferir en el desempeño de Luisito.

Con esto en mente, fueron con el chico a celebrar llevándolo al centro comercial cercano para que gozara como premio en el parque de juegos infantiles y comer una hamburguesa y un helado a continuación. Aún, exhausto como estaba de su día en el colegio, el chico tuvo ánimo de brincar en las colchonetas del parque, jugar en dos video máquinas de motos y autos de carreras antes de pasar a comprar las viandas prometidas que los dos se disfrutaron. Regresaron a su habitación ya empezando la noche. Ella ayudo a su niño a cambiar su uniforme de colegio por la piyama para caer al instante dormido.

Como siempre, después de eso, Sandra procedió a cambiarse su ropa de diario por alguna de las usadas para salir a ejercer su oficio nocturno sin olvidar, antes de partir, recomendarle a su vecina de la habitación contigua, que estuviera pendiente del chico si este llegara a levantarse en su ausencia y volviera a acostarlo y, si acaso preguntaba por ella, consolarlo diciéndole como mamá ya iba a regresar.

Su decisión de terminar con Frank pareciera haberlo traído ante ella. Llegó eufórico presumiendo del trio gozado en la mañana, junto a ella y a su esposa, como una hazaña personal. No podía explicarse el porqué del actuar de Lucía, su esposa. Había sido algo inusual. No tenía ninguna explicación para su goce habiendo sido de siempre sicorígida negándose el placer. No sabía cómo ella se enteró de la relación existente entre Sandra y él. Claro, él nunca había abogado antes por un chico para ser admitido en el colegio. Esto fue lo que pudo haber encendido en ella las alarmas de esta relación. Lo demás fue para ella asunto de atar cabos y la acción de los celos. Nunca alguna de sus anteriores queridas llegó a pisar las puertas de la oficina de Lucía y, la verdad, la presencia de Sandra podía inducir celos en cualquiera que de ella fuera contraparte. La amplia diferencia de edad entre las dos también tuvo su juego. Sandra apenas ajustaba los veintidós años, en tanto que Lucía ya pasaba de cuarenta y cinco. Si bien, en esta edad ninguna mujer se puede considerar vieja, al sopesar la carga de los calendarios contra los logros obtenidos en la vida, se empieza a pensar sobre la inevitable marcha del tiempo y como, tal vez ya los esfuerzos no alcancen a lograr los sueños de la juventud, y si bien, en cualquier momento de la vida adulta se pueden hacer este tipo de consideraciones de hacer un balance individual para evaluar pérdidas y ganancias si, desde el punto de vista del placer de encamarse, el camino recorrido en compañía bajo las sábanas deja una huella donde se marca la satisfacción obtenida en el goce, y para Lucía, en este campo, habiendo recibido una educación marcada en la prohibición del placer por asociarlo al pecado, lo que determinó su historia personal de haber tenido sexo solo en busca de un embarazo que nunca llegó, lo que al final la conminó a abandonar su práctica. Por eso, la explosión de placer compartiendo este improvisado trio donde cada uno logró la meta de un salvaje éxtasis conjunto, que si bien, en un primer momento Lucía tachó de fuente satánica de pecaminosa tentación, ya habiendo partido Sandra, esta explosión se repitió entre ellos dos como pareja, bajo el vínculo del matrimonio, Toda la mañana estuvieron repitiendo una y otra vez más esta dicha conjunta, con lo cual Lucía pudo reconciliar su alma y su cuerpo y, ante esta dicha y complementaria reconciliación, tenían planeado salir de viaje en la moto por lo que quedaba de la semana para explorar tanto el placer de la velocidad como el gozo de estar juntos.

—Será un largo fin de semana, —Le dijo Sandra, —ya que solo estamos a martes.

—Bueno, serán las vacaciones que no hemos tenido en quince años.

Un escozor de celos, mezclado con una fuerte sensación de haber sido usada, le hizo sentir un escalofrió a Sandra quien a gritos y con furia empezó a recriminarlo.

Sandra, quien nunca en la vida había sentido celos por nadie sintió su corazón latir más rápido, por lo que, del escalofrió pasó al sofoco. Quiso dejar una huella en Frank para que durante este tiempo planeado de asueto la pareja tuviera que pensar en ella, por lo que le dijo:

—¿Y no piensas darme a mí una despedida?

Sabía cómo esto sonaba contradictorio con la resolución tomada junto a Luisito, donde decidió alejarse de modo definitivo de Frank.

A Lucía, no la consideraba rival para ella, ni en cuanto a los encantos de mujer, ni a su intelecto, que, para ella, este último, por el momento, estaba colocado en una repisa de olvido llenándose de huecos como un queso grulle, por lo que le resultaba indiferente pero nunca esperó por ella recibir esta respuesta de Frank:

—Lo siento Sandra, no quiero volver a verte nunca más.

Por segunda ocasión en su vida era despreciada por un hombre. Primero fue el maldito universitario quien la usó hasta el cansancio y la abandonó una vez supo su condición de embarazo y ahora Frank, quien sin un motivo le manifestaba de forma abierta su rechazo.

Si ella hubiera tenido la determinación que sintió al despedirse de Luisito ya estando él dormido con su acostumbrada plegaria mental:

—Espérame amor mío, por ti salgo a la calle; se hubiera sentido hasta aliviada por la misma, pero, ahora estaba en completa situación de desventaja y no quería darle a Frank la satisfacción de dejarla relegada en el olvido como cualquier traste que se usa y se tira.

Se soltó a gritos en improperios contra él que se podían oír a lo largo de toda la cuadra.

—¡Maldito hijo de puta!, ¡lacayo!, ¡mantenido!, ¡desgraciado!...

Todas las personas en el lugar se fueron acercando para gozar de un nuevo espectáculo. Algunas de las mujeres en busca de clientes también habían sido testigos de la lucha convertida en pasión entre Sandra y Cris y, para sus adentros, esperaban volver a ver un nuevo espectáculo porno en vivo, esta vez hetero y no lésbico como en la ocasión anterior.

Entre quienes se acercaron a verlos, también se encontraba Cris, a quien hacia muy poco, Frank igual había abandonado sin darle ninguna explicación en preferencia de Sandra, con quien ella disputó por este hombre que, de alguna manera ejercía una atracción sobre ellas de las que ninguna de las afectadas por esto podía dar explicación y, ahora, viendo a Sandra con quien, en su encuentro anterior en el parque amó con pasión como remedio a su pena ante el abandono y con el cual logró minimizar su pérdida, no podía dejarla sola en esta disputa.

Por eso, herida como aún estaba intervino:

—¿Qué pasa aquí?

Hizo esta pregunta de modo retórico a los disputantes, ya que para todas las mujeres del parque la respuesta era evidente. Se trataba de un nuevo abandono de Frank a una querida por otra quien vendría a ocupar su lugar, por lo que varias de ellas dieron su explicación:

—¡Seguro que Frank se ha hecho a otra querida!

—Cada vez le duran menos.

—La veneca no le dio la talla.

De este modo las mujeres del lugar le iban agregando más picante a la situación con lo que lograban exasperar el carácter de Sandra, quien para este momento de nerd no tenía nada. Ya no respondía de un modo cerebral sino de un modo instintivo como una fiera acorralada.

—¡Maldito!, ¡mil veces maldito!, —le gritó procediendo a lanzársele encima sin medir las consecuencias.

Frank, además de ser supernumerario y todero en el colegio de su esposa Lucía, ocupaba su tiempo en el gimnasio procurando acrecentar el tamaño de sus pectorales, posaderas y todo músculo posible a lucir como modelo de concurso de fisicoculturismo, por lo que le fue fácil atraparla, tumbarla al suelo y colocarse sobre ella, para empezar a castigarle a bofetadas su atrevimiento de atacarlo.

Sandra con sus brazos protegía su rostro de los golpes que caían sobre estos.

Cris viendo esto recordó cómo hasta hacia muy poco era ella quien estaba en la situación de la nerd ya que el golpear a sus mujeres era una costumbre reiterada de Frank. Se lanzó sobre él tratando de detener el ataque contra su ahora amiga Sandra, la Nerd, gritándole de forma repetida a Frank:

—¡Maldito abusador!

Las demás mujeres en el lugar también reaccionaron de igual forma como una defensa femenina grupal.

Entre ocho que estaban presentes en el lugar molieron a golpes al mismo quien, para liberarse de este ataque, no tuvo otra opción que salir corriendo abandonando en el lugar su querida moto, contra la cual las mujeres guiaron su furia vandalizándola por completo, rayándola y rompiendo su cojinería con navajas, aporreando su tanque con piedras el cual se rompió a causa de los golpes por lo que pronto una mecha encendida la convirtió en una pira en la que se consumió la hombría de este abusador de callejeras llamado Frank.

LIZET

Luisito estaba llorando. La despertó. Miró su celular. Las ocho de la mañana. Su compromiso con Lucía, la dueña del colegio de párvulos donde estudia Luisito con pago del estado colombiano era llevarlo a las siete. Se encogió de hombros, mejor para esta y su profesora, menos trabajo para ellas. Su cabeza quería estallar. El aguardiente, la bebida nacional orgullo de varios departamentos colombianos en sus diferentes sabores y presentaciones, más qué ser un deleite al consumirlo, parece hecho para embrutecer y curar heridas de caballos. Tal vez por eso es el licor preferido en burdeles y cantinas de baja estopa. Además, producía en sus consumidores fuertes resacas y dejaba en carne viva el intestino, como ella sentía, le pasaba en este momento.

Con esfuerzo se sentó al borde de la cama.

—¡Mierda! —Se acordó. Volteó para mirar. Sí. Allí estaba el doctor. Bueno, o al menos eso decía aquel sujeto de sí mismo:

—"Mira que yo soy un doctor y de los buenos".

La verdad no supo a qué se refería con eso. Tenía claro como Colombia era la tierra de los doctores. Había de cualquier tipo de ocupación, calidad y tamaño. Cualquiera con dos pesos en los bolsillos ya era uno de ellos. Aquí la mugre se adorna con mierda para quedar reluciente. Ella, como último recurso para no perder ese servicio, lo había llevado a su habitación.

Le dio un puño en el pecho a quien plácido roncaba.

El doctor quedó sentado en el acto.

—¡Mierda! Dijo él, —"Mi mujer" y empezó a buscar sus prendas esparcidas en el suelo y a vestirse para salir corriendo.

—Mi dinero, Cabrón, —alcanzó ella a gritarle antes de que se largara.

Este le lanzó a la carrera unos billetes sin contarlos; los recogió ya casi en el marco de la puerta donde habían caído, procediendo de paso a cerrarla. Los contó y pensó sonriente: redondee la noche.

Colocó los billetes sobre el cajón de madera que hacía las veces de mesilla de noche y, sonriendo con este pensamiento, pasó de buen ánimo a ocuparse de Luisito.

Para esta hora ya el baño estaba disponible, pues quienes trabajaban en la pensión ya habían salido a atender sus ocupaciones y los que no, normalmente se iban al parque a jugar o a medir algunas de las calles aledañas, lo cual era preferible a quedarse en el espacio mínimo de una pieza diminuta rumiando la pobreza donde, la única actividad que la dignifica era dormir bajo un techo, porque estar en ella despierto, era un suplicio que no valía la pena sufrir quedándose.

Procedió entonces a su rutina mañanera. Tomar una ducha junto a su hijo, arreglarse los dos, tomar el menguado desayuno, ojear el celular leyendo en él lo que se le pusiera a la mano y burlarse de los errores encontrados dándose con ello, un pequeño aire de superioridad, que más que admiración, levantaba era alevosía entre los autores que leyeran sus conceptos que, de modo anónimo, compartía en los hilos de respuestas de los diarios.

Al llevarlo al jardín a esa hora tardía no encontró a nadie en la puerta recibiendo a los chicos para remitirlos a sus salones.

Sandra, con el permiso de la persona que le abrió la puerta al ella timbrar, fue junto a Luisito al comedor donde debían estar sus compañeros tomando el desayuno. Ya no estaban allí. Pasó entonces a buscarlos a su salón. Era casi un salón de juegos por estar lleno de estos en estantes en las paredes y los pupitres de los niños distanciados por la seguridad de evitar contagios virales entre los chicos. La profesora, una chica rubia no mayor de veintidós, la misma edad de ella, de vestir y maneras sin desparpajo, estaba jugando con la docena de niños allí reunidos.

Sandra se presentó con ella como la madre de Luisito. La agraciada chica, con un delantal blanco de trabajo cubriendo una blusa de girasoles amarillos, entre verde follaje, sin mangas que dejaba adivinar, por la forma erecta de sus pezones, la inexistencia de un brasier, con un pantalón bluyín bajo de cadera y pegado a su piel, dejando contemplar al descubierto una rosácea franja de la misma entre las dos prendas que resaltaban sus largas y torneadas piernas. Sus pies calzaban unas zapatillas deportivas de un color naranja intenso, asiendo juego con su blusa, su cuello estaba adornado por llamativos collares y sus muñecas plagadas de brazaletes de colores, accesorios que le daban un aire aún más juvenil. Al verla, su apariencia le pareció espectacular. Así le gustaría a ella vestirse en horas del día para lucirse.

Sin duda esta chica rubia representaba su ideal de belleza y en apariencia de ternura.

La chica se paró para saludarla ofreciéndole su mejilla y un abrazo.

—Hola, soy Lizet, la profesora de Luisito. —le dijo.

Sandra aprovechó la proximidad para colocar suavemente sus manos en la desnuda cintura de Lizet y con sus labios, en camino a su mejilla, rozó los húmedos y carnosos labios de ella de un rosado palpitante. Fue un roce ligero terminando en un crujir de sus propios labios en el aire simulando el sonido de un beso.

Esos leves contactos de sus manos y bocas hicieron sentir a Lizet el calor producido en sus mejillas por un sonrojo que las recorrió a las dos como si fueran un solo cuerpo. Sintieron en sus cuellos, pechos y vientres, como una ligera corriente las recorría y fue a alojarse en sus vaginas, para pactar, sin aún siquiera saberlo, de una forma instantánea, una cita futura, la cual las dos cumplirían con prontitud, para vivir una ya palpitante ilusión en las carnes de la otra. Esta ocasión no podría estar muy lejana, destinadas como estaban a verse casi a diario en esta relación naciente, la una como tutora y la otra como madre de Luisito.

Se despidieron dejando reposar las palmas de las manos de la una en la otra por unos largos segundos en un gesto de consentida familiaridad para volver a sentir el corrientazo alucinante del contacto de sus pieles en un pacto de posibilidades casi infinitas.

Sandra volvió a su cuarto en la casa de inquilinato para dormir plácida hasta las tres de la tarde, hora de regresar a recoger a Luisito. En su camino al colegio aprovechó para comer en un ventorrillo ambulante, de costumbre estacionado en la esquina del parque, una hayaca que le trajo una dulce nostalgia de su patria; Venezuela, maltratada al igual que sus hijos por un gobierno insensible.

De regreso a casa tuvo tiempo de jugar unas horas con su hijo, de ver en televisión algunos programas infantiles junto a otros residentes de la casa, casi todos coterráneos, y de acostarlo a dormir a las ocho, ya entrada la noche, dejándolo recomendado con la pana de la pieza vecina, quien gustosa cumplía esta labor de estar atenta a él si es que acaso se despertaba en la noche.

Para salir a trabajar, o como algunos decían, a putear, se cambió con algunas de sus diminutas y atractivas prendas brillantes y tomando su bolso, donde cargaba lo justo y necesario para sus vigilias y actividades nocturnas, salió dispuesta a su labor, esperando una jornada productiva centrada más en lo monetario pues, hasta el momento, había tenido bastante placer más no mucho beneficio.

Estaba equivocada. Era el placer el que seguía mandando en su vida, pero en esta ocasión no fue el goce sexual acostumbrado en sus jornadas. Esta vez fue diferente. Cuando menos lo esperaba se acercó a ella un compacto auto Mazda para dos pasajeros, de un color poco común. Un fucsia muy alejado de los colores de catálogo, con seguridad un color destinado a clientes más que exigentes, con una personalidad destellante que les gustaba dejar un rastro de su paso por doquier iban. Quedo impresionada, no por lo que pudiera valer dicho auto, que al final era un auto base de catálogo solo distinguiéndose por su color, sino que lo que le llamo la atención fue quien lo conducía, era Lizet, la profesora de Luisito.

---Hola, —Saludó Lizet a la sorprendida Sandra, quien le contestó aún aturdida.

—Hola, y tú que haces aquí, ya sabes, este sitio es concurrido en estas horas por nosotras, a quienes algunos nos llaman vagabundas, no por chicas educadas como tú.

—Si, lo sé. —Le respondió

Me comentaron como es fácil encontrarte a ti por aquí y vine a comprobar si era verdad.

—Bueno, ya lo sabes, es cierto, y ¿qué piensas hacer ahora?, ¿sacar a Luisito del colegio?, pues te cuento que no te será nada fácil. —Le dijo recordando su aventura íntima con Lucía y Frank, la pareja dueña del colegio así ahora este ya no la considerara más su querida.

—¡Qué tonta!, como puedes creer eso. Ven sube al auto.

—¿Y acaso me piensas pagar?, —le preguntó Sandra con un tono ofuscado.

—No como tú crees. Ven sube, no te hagas de rogar. Sube.

No lo dudó más y subió al auto. Las dos partieron cubiertas por una promesa que ninguna sabía de modo exacto cuál era o a donde las podía llevar. Solo sabían cómo en la mañana sintieron una conexión inexplicable entre las dos que las atraía y, debían explorar para saber hasta donde les llevaba.

Lizet condujo hasta un salón de yoga caliente, donde esta disciplina se practica en ambientes con una temperatura al menos de cuarenta grados centígrados, al punto de sudar únicamente de estar en ellas en secciones de hasta noventa minutos, bien en salones con grupos dirigidos por profesores o bien, en cuartos destinados para parejas, quienes practican asanas diseñadas por los maestros de estas técnicas para elevar el yo en la armonía de la mente, cuerpo y el espíritu con exploración de la trascendencia.

Lizet, como practicante de este tipo de yoga y cliente del lugar, había alquilado para usar las dos, uno de los cuartos destinados para parejas. Le había traído de regalo a Sandra un pequeño top y una corta malla de color rojo, ambos de material elástico. Para ella traía las mismas prendas, pero en color negro. Fueron las dos al vestier a cambiarse. Allí pudieron una y otra contemplarse y admirarse de forma abierta sin llegar a tocarse. Ya en la sala, bajo la dirección de Lizet, empezaron a practicar, en primer lugar, algunas posturas individuales básicas y ejercicios de respiración para aprender a dejar la mente en blanco, todo ello teniendo de fondo una iluminación y una música instrumental tenue propicia a la relajación y a la armonía.

Ya para el final intentaron hacer algunos ejercicios diseñados para las parejas, donde los cuerpos entran en contacto queriendo fundirse en un solo espíritu buscando, a partir de esto, buscar la universalidad y la armonía.

La misma electricidad que sintieron en la mañana al entrar sus labios y manos en contacto, la volvieron a sentir allí con una intensidad mayor al estar la piel de las dos unidas en áreas más amplias, bien sus espaldas, bien sus brazos o bien sus piernas, por la duración de cada ejercicio y posición y siempre teniendo en su mente un mantra que Lizet le pedía a Sandra decir al unísono cada tanto mientras realizaban sus ejercicios corporales: "Estoy en paz y en armonía". En tanto que, en las pausas de descanso aprovechadas para hidratarse, a dicho mantra le agregaban: "Contigo unida y con el ser universal".

Una vez terminada la sección de cuarenta y cinco minutos, tiempo suficiente por el momento, dado que ninguna de ellas se encontraba en plena forma física. Las dos se sentían, a la vez exhaustas y satisfechas. Regresaron al vestier para tomar una ducha. Las dos compartieron la caída del agua caliente sobre sus cuerpos y aprovecharon para jabonarse y ayudarse a secar una a otra, donde la satisfacción no requirió de la penetración o de besos pasionales para ello.

Partieron. Sandra le pidió a Lizet el favor de acercarla a la pensión. Se sentía plena y satisfecha. Por esta noche no quiso regresar a las calles para no dañar este sentir, así para sus ingresos, esta noche hubiera sido una noche en blanco.

EN DOMINGO

Se supone que para cualquiera que tenga y disfrute de un trabajo normal con un horario establecido, sin importar si este se desarrolla de día o de noche o cualquier mezcla en sus jornadas, ha de tener al menos un día de descanso. Sandra, de su parte, no teniendo jefe a quien rendir cuentas, decidió, por costumbre y principios, tomarse dos días a la semana para alejarse de su labor de caminar las calles, de recorrer con sus manos los cuerpos de otros y a su vez, dejar el suyo ser tocado por manos voraces buscando momentos pasionales inolvidables.

Los domingos y los lunes eran para ella su descanso. El primero requería, en principio, un esfuerzo mayor, pues, habiendo callejeado el sábado en la noche, que, de suyo, era el día más pesado de la semana, con dos, tres, cuatro o aún, cinco servicios, se sentía exhausta en las mañanas, sin deseos de estar levantada en esas horas del día y, sin embargo, rondando las nueve, era mandatorio para ella, en su conciencia, levantarse para estar junto a su hijo Luisito, quien de viva voz procedía a despertarla.

Para este domingo y lunes festivo, tenía un motivo especial para levantarse. Lizet vendría por ellos para una planeada salida de paseo fuera de la ciudad e ir a disfrutar de este par de días en un parque.

Las cosas sencillas tal vez sean las mejores, pensaba mientras, como a diario, procedía a bañarse con su crío. Para desayunar hoy tenía algo especial, comerían los dos unas hayacas, ese plato especial venezolano, que le serviría a ella para recordar con nostalgia su tierra, de la que tuvo que salir uniéndose a la diáspora de ya más de seis millones de sus compatriotas repartidos en todo el continente y aún más allá por todo el orbe.

Luisito, aún con sus ya tres años cumplidos, apenas estaba empezando a conocer estos sabores, estos olores y estos gustos, pero sin duda algo traía él dentro de cada una de sus células que de inmediato, sin que la memoria le anunciara, la hayaca y a la avena, las disfrutaba más que en su paladar con su corazón y las hizo suyas como parte de su herencia y de su sangre.

A las once, según lo acordado, paso Lizet a recogerlos. El plan era ir a la Mesa de los Santos, una gran meseta a mil ochocientos metros de altura sobre el nivel del mar, el doble de la de Bucaramanga, lo que le daba a la misma un clima unos grados más fresco e ideal para descansar del calor de la ciudad de los parques, como en un remoquete es conocida Bucaramanga y localizada a una hora de esta, si es que el tránsito ayudaba, pues estando de moda en los últimos diez años y cada vez con más intensidad, grandes constructores estaban comprando allí terrenos por hectáreas para venderla en pequeñas parcelas, aunque con el gancho de estar dotados de algunas amenidades comunes, como una piscina y/o un salón comunal, con lo cual vendían a ingenuos la ilusión de salir de sus exiguas viviendas y los agobios de la ciudad, para ir a gozar de la tranquilidad del campo, cuando lo que encuentran los fines de semana sus visitantes es congestión, ruido y, con algo cada día más común, algunas trifulcas.

Bueno, ellas no iban a ninguna propiedad particular. Lizet es la orgullosa dueña de una carpa para parejas con todo el equipo adicional que salir a gozar de esta actividad requiere. Minutos antes de partir, la ansiedad por el cumplimiento de lo esperado mantenía a Luisito preguntando cada minuto:

—¿Cuándo va a llegar Lizet?, —con Sandra contestando:

—Tranquilízate, ya pronto llega, mientras recordaba la dura travesía atravesando el páramo de Berlín entre San Antonio y Bucaramanga, donde tuvo que cargar sobre su espalda, por esos pocos, pero interminables días a Luisito con un arnés, arropados los dos con una cobija térmica que le regalaran en el campamento de la cruz roja y que, estando diseñada para ampararlos del frío, ante su inclemencia, parecía no servir de nada.

Lizet llego muy puntual a la hora acordada. Después del cálido abrazo del saludo de rigor y subir al auto sus trebejos y ropas en aquel mismo morral de su larga caminata, estaban en camino. Entre la imparable parlanchinería de Luisito llena de energía, Lizet le comentó, como Frank y Lucía le habían interrogado, cada uno por separado, queriendo saber qué relación había entre ellas dos y aconsejándome poner entre nosotras distancia.

—La verdad tal situación me dejó por completo sorprendida. ¿A qué viene tal interrogatorio y qué les importa a ellos mi vida privada?, —le manifestó les había dicho a sus interrogadores Lizet.

—No quise contestarles, —continuó Lizet, —pero dime:

—¿Acaso hay alguna razón para ello?

Sandra quedó abatida ante este comentario y abochornada porque: ¿qué podría ella revelar a Lizet a quien quería y sentía como su única amiga?, por lo que solo pudo decirle:

—No tengo la menor idea del porqué ellos te interrogaron sobre mí, tal vez, supongo, han visto como nuestra relación ha sobrepasado el saludo cordial entre el padre acudiente de un alumno y su profesora y, al tener como norma, como el único tema de conversación entre estos, en esta relación solo se debe hablar temas referentes a los niños, lo cual nosotras hemos sobrepasado por mucho. Nuestras conversaciones se mantienen corriendo sin límites entre risas.

Lizet no quedo muy convencida de esta respuesta de Sandra. Ella lo notó en la expresión de su rostro. Por un instante un leve velo se interpuso entre las dos.

En hora y media hicieron su arribo al sitio de campin. Encontraron un lugar libre junto a la batería de baños. Procedieron a armar allí su tienda. Como era de esperarse, la sensación térmica de frío, sin ser insoportable, si hacía sentir correr más lento la sangre en las venas, lo que les obligaba a cada una a procurar abrazarse a sí mismas frotando sus brazos para ganar calor, lo que les daba la sensación de vida.

Lizet le recordó cómo, habiendo practicado ya yoga caliente, ahora, como lo planearon, podían practicarla en un ambiente frío, como una forma de controlar su mente y cuerpo. A Sandra, desde que lo planearon, le encantó la idea y por tal motivo ambas habían traído consigo sus pequeñas trusas indicadas para tener libertad de movimientos en sus prácticas.

Las dos entraron en la pequeña tienda para colocárselas, sin olvidarse de ponerle antes a Luisito su gruesa chaqueta pasamontañas dejándolo entretenido jugando en la puerta de la tienda.

Ya dentro de la tienda, ocupadas en cambiarse, por momentos sentadas o acurrucadas en los sacos de dormir, dado que no podían ponerse de pie por la escasa altura de la carpa. Se desnudaron por completo. Se quedaron así mirándose antes de empezar a colocarse sus trusas. Tuvieron por un largo minuto oportunidad de admirar sus cuerpos de músculos marcados por el frío del lugar, pero más que todo, por ser el resultado de haberlos trabajado; Lizet en sus prácticas de yoga y Sandra por la exigencia de las grandes distancias recorridas en su travesía desde su patria buscando un mejor lugar para su vida.

Para las dos, su mutua contemplación fue un instante mágico en el cual el tiempo pareció haberse detenido o, mejor aún, haberse transportado a la Grecia antigua, donde los deportistas competían desnudos porque ninguna doctrina antinatural había aún llegado a ellos para hacerles sentir vergüenza de sus cuerpos.

Una vez fuera de la carpa extendieron afuera los mismos sacos de dormir con la intención de empezar su práctica. Contemplarlas en sus gráciles movimientos fue un bello espectáculo para otras familias de campistas que se encontraban en el sitio y que de manera subrepticia no podían dejar de mirarlas cuando pensaban que ellas estaban ensimismadas en su meditación haciendo asanas que les requerían cerrar sus ojos.

Entre quienes se deleitaban contemplándolas se encontraba un grupo de cinco hombres jóvenes que igual habían llegado hasta el punto buscando descanso.

Uno de ellos, con entusiasmo, les manifestó a sus compañeros refiriéndose a Sandra: —yo a esa chica la conozco. Le he pagado por tenerla en un par de ocasiones.

Esta declaración lleno las mentes de estos hombres, ya no solo del alcohol de las varias cervezas que, cada uno para el momento, cada uno de ellos había ingerido, sino de un morbo y deseo hasta el punto de sentirlo dominante e insoportable.

Las chicas, una vez terminada su práctica, procedieron a ir a la zona de baños del lugar que contaba con cómodas duchas provistas de agua caliente y vestieres individuales para guardar el pudor de los usuarios, los cuales, para ellas no fueron necesarios, ya que gozaban con la contemplación de sus cuerpos.

Se empezaron a vestir con ropas de frio, acorde a temperatura del sitio, con jeans, camisas leñadoras, cómodas chaquetas y zapatillas deportivas, todo esto ante la mirada indiferente de Luisito, siempre entretenido con su juguete.

Los que si no estuvieron indiferentes a su contemplación fueron los cinco sujetos quienes las siguieron hasta los baños. Ellos, en su rededor tenían pequeños ventanucos altos para la ventilación de estos. Los cinco hombres que las asediaban, por turnos se colaboraban levantándose unos a otros para alcanzar la altura de estos espacios de ventilación para contemplar desde allí sus deliciosos cuerpos. Les empezaron a tomar fotos con sus celulares para capturarlos, además de en sus memorias, en las de sus celulares, las cuales, desde ese mismo momento empezaron a compartir en grupos de amigos de WhatsApp y otras redes sociales, cuando Luisito sorprendido dijo en voz alta para ser escuchado por las chicas:

—Mira mamá, unos ojos.

Sandra y Lizet voltearon a mirar al ventanuco y las dos los vieron. Eran unos ojos negros, profundos, que en un solo instante pasaron de la admiración, a través del enojo, terminando impregnados de miedo de haber sido descubiertos. Desaparecieron de su vista. Sus dueños se echaron a correr. Igual lo hicieron ellas, que aún no se calzaban sus zapatillas y corrieron descalzas envueltas en toallas, buscando descubrir quienes las estaban mirando.

Descubrieron cómo era el mismo grupo de los cinco hombres que ya las habían contemplado minutos antes. Todos corrían juntos queriendo perderse para salir airosos de este trance. Estos sujetos las estuvieron observando mientras practicaban yoga y ellos disfrutaban mirándolas mientras bebían cerveza y aguardiente.

Como ellas, estos sujetos estaban de paseo en el parque de camping queriendo descansar y con suerte, ligar con algunas chicas, pero, en lugar de haber sido diligentes para montar su carpa, desde que llegaron, únicamente bajaron de la camioneta en que venían unas sillas plegables, varios empaques de seis cervezas y una garrafa de aguardiente y abrieron la puerta trasera levadiza de su vehículo, desde donde unos parlantes altos esparcían música estridente y luces danzantes perturbando la tranquilidad esperada de este sitio de descanso y su práctica de yoga, ya que desde cuando estaban en esta, sintieron sus ojos lujuriosos recorriéndolas y por la intensidad de sus miradas no lograron el estado de concentración deseado para abstraerse del mundo, sino, por el contrario, lograron fue fijar sus rostros en un rincón profundo en su memoria y tras este acoso viéndolas desnudas en los baños, los podrían reconocer uno a uno en cualquier momento que los vieran.

Los sujetos montaron en su vehículo, dejando abandonadas sus sillas, el licor no consumido y un reguero de latas vacías, sintiéndose vencedores en su osadía.

Ellas, ya habiéndose vestido, fueron hasta la administración del parque para poner en el mismo la denuncia del asedio sexual del cual fueron objeto en el mismo.

Revisaron la lista de visitantes con reservación sin encontrarlos, pero, en la portería si existía el apunte, tanto de la entrada del vehículo, como de su salida apresurada, figurando pendiente el registro formal, aunque si estaba allí la lista de los nombres de los ocupantes de dicho vehículo, por lo que, esta anotación con el número de licencia de la camioneta, así como el video de las cámaras mostrando su entrada y salida eran las pruebas de la estadía de estos hombres en el lugar, faltando solo el número de identidad formal para individualizarlos, por lo que ellas tenían pruebas suficientes para colocar una denuncia en la estación de policía del pueblo de los Santos, ubicado a dos horas de camino del lugar contra esos desconocidos.

Ellas quedaron de pensar si realizarían o no esta denuncia que les implicaría perder todo el resto de su día en este proceso. En tanto, la administración del sitio, para compensar su molestia, les ofrecieron llevarlas a la otra mitad del parque ubicado en otra cumbre en el cañón del Chicamocha, a la cual se llega por teleférico que une las dos cimas, en un recorrido de diez minutos. La mitad en subida y la otra mitad en bajada con vista y recorrido en el majestuoso cañón del Chicamocha, además de entregarles entradas gratis al acuaparque y una noche de hotel, con servicio de restaurante en este hermoso sitio turístico de gran afluencia de viajeros de todas partes del mundo.

Ellas aceptaron la atención ofrecida por el parque, que de esta forma buscaba minimizar las consecuencias de un posible escándalo de acoso en sus instalaciones al no haber previsto, como los dichosos ventanucos podían causarlos; prometiendo desde ya, buscar como impedir que otra vez una situación semejante volviera a presentarse en el parque.

Las chicas procedieron a desmontar y guardar su carpa de camping en el auto. Llevaron solo su ropa en los pequeños morrales y partieron gustosas para el hotel, ya casi olvidándose de instaurar la posible denuncia. Sería un engorro porque tal diligencia les llevaría todo el día en ir, colocarla y regresar al parque, con lo cual se dañaba todo su programa de descanso. Entre tanto, los acosadores pensaban también en rescatar su paseo y emprendieron por carretera su viaje buscando llegar a la otra entrada al parque en la montaña cercana, cosa que a ellos les tomaría más tiempo al ir por carretera, en buenas condiciones, pero por una serpenteante montaña y con bastante tráfico pesado imponiendo su paso lento a todos los vehículos transitando en la misma.

Una vez llegaron al otro costado del parque, las muchachas tomaron la habitación brindada, almorzaron en el restaurante del hotel, tomaron unos trajes de baño de la tienda de souvenirs también obsequiados por la administración para poder ir a gozar del acuaparque, al cual partieron en el bus interno del lugar, encargado de hacer estos traslados, pues el mismo se encuentra algo alejado de las otras atracciones, teniendo oportunidad en este recorrido de ver las cabras monteses que allí habitan haciendo equilibrio en los riscos de estas montañas.

La tarde para ellas fue maravillosa disfrutando de los toboganes acuáticos, la piscina de olas y del sol al cual se expusieron para buscar, si no un bronceado pleno, al menos si la caricia de sus rayos en su piel y una vez pasadas las horas, tomaron de nuevo el bus para regresar al hotel a gozar de la cena y del conjunto musical en el restaurante.

En eso estaban cuando Lizet procedió a revisar los mensajes en su celular. Con sorpresa vio como varias amigas le estaban enviando fotos de ella y

Sandra desnudas que los acosadores les tomaron las cuales se habían viralizado en las redes.

—Mira, estamos destrozadas, —dijo Lizet mostrándole a Sandra las fotos.

Esta las vio y más que pensar en las posibles consecuencias sobre su vida, que, a ella, como mujer pública, más que perjudicarla, le daban un mayor estatus en su quehacer. Lástima que estén tan mal logradas, pensó, pues al ser tomadas en un ángulo muy alto solo dejaban ver sus bustos, generoso en su caso, escaso en Lizet, pero en las dos, sus pechos erectos y provocadores y sus bajos vientres debidamente depilados en ella luciendo un provocativo triángulo en su vello púdico y en Lizet por completo rasurada. Comprendió de inmediato, como desde la perspectiva de Lizet, la situación era diferente. Para ella su carrera como profesora estaba destruida porque ninguna madre la querría a ella de maestra de sus hijos, pues imaginaban a sus esposos deleitándose en ella al ver sus fotos que ya debían estar en los celulares de todos ellos, por lo que comprensiva se unió a su lamento.

—Sí, tienes razón chica. Tu carrera como profesora puede estar acabada con estas fotos.

Lizet empezó a llorar con un llanto suave, cadencioso, donde sus lágrimas iban saliendo lentas de sus ojos para ir a parar a un manojo de servilletas con que ella las limpiaba.

Sandra acercó su silla a la de ella colocando su mano en su rodilla. Esta movía su pierna con un ritmo suave y cadencioso para evitar de ese modo que sus nervios se desbordaran.

Las palabras sobran en una situación así. Sandra hacía presión con los dedos de su mano, tratando de este modo de calmar la angustia de Lizet, aunque, una fuerza más poderosa que su deseo de calmarla la estaba invadiendo.

Se paró de manera imprevista. Tomó por el cuello la botella de gaseosa que estaba consumiendo. Corrió atravesando en pocas zancadas el salón del restaurante para llegar hasta el grupo de los acosadores que acababan de tomar asiento y estaban revisando la carta para hacer su orden.

Quién quedó de frente suyo levantó la vista y la reconoció de inmediato. Era aquel quien presumió con sus amigos de haberle pagado para estar con él. Ella también lo trajo a su memoria en esos momentos de su actividad nocturna, más, no era por ello por lo que ahora estaba frente a él.

Levantó su brazo armado de la botella. Se la descargó en la cabeza mientras le decía:

—Desgraciado, esto es por Lizet. Vio como en cámara lenta, como el hombre caía a sus pies a los cuales chispearon desde la herida abierta por el golpe en la cabeza del individuo gruesas gotas de sangre.

ENOJOSA PROTESTA

Una vez Sandra propinó al hombre el golpe con la botella de refresco, por ser este quien ella identificó como el líder de los cinco acosadores espiándolas desnudas en los baños del camping del parque recreacional. Este cayó al suelo con un corte en la cabeza del cual emanaba abundante sangre, se formó una confusa trifulca, donde los cuatro amigos del caído intentaban replicar la agresión y ella junto a Lizet, quien llegó en su auxilio, intentaban defenderse ante la desigualdad de fuerzas de las partes en conflicto que, en pocos momentos se emparejaron, ya que empleados del lugar intentaban separarlos, cosa que no lograron, pero las chicas si lograron hacer huir a la contraparte al gritarles de manera reiterada acusándolos de ser acosadores sexuales, mostrando en alto sus celulares gritando:

—¡Acosadores! ¡Pervertidos! —alzaban sus teléfonos exhibiendo en sus pantallas alguna de las fotos que ellos les tomaron y compartieron de ellas desnudas.

La situación ante esta declaración hizo levantar de sus asientos a algunos de los clientes del restaurante y, viendo como tenían intención de echárseles encima, ayudaron a levantarse a su compañero, para salir del sitio a la carrera antes de que entre todos los presentes los molieran y lincharan a alguno de ellos a golpes.

Restablecida la calma en el lugar las chicas también prefirieron retirarse del restaurante e ir a su habitación a donde la administración les hizo llegar todo lo que a bien tuvieron pedir de cortesía del restaurante, entre lo cual figuró un litro de vino, porque para el momento, ya ellas estaban decididas a desinhibirse para dejar atrás sus problemas, al menos por el resto del fin de semana.

—¿Qué vamos a hacer? —no dejaba de cuestionarse Lizet mirando una y otra vez las fotos, las que consideraba causa suficiente para ser removida de su puesto de profesora.

—No te preocupes tanto, —la tranquilizaba Sandra, mientras se ocupaba de atender a su hijo Luisito, dándole de comer, empiyamándolo y acostándolo a dormir en la cama adicional dispuesta en la habitación, además de la cama matrimonial compartida por ellas.

El vino fue haciendo su efecto. Más en Lizet que en Sandra, quien ocupada como estaba en atender a su hijo, se había dejado tomar ventaja en su consumo, por lo que, acabado el vino, pidieron otra botella.

Acalorada y alicorada como estaba, Lizet se despojó de sus ropas, quedándose solo con su minúsculo hilo dental color piel, que se invisibilizaba en su bajo vientre mas en su trasero este desaparecía entre sus nalgas.

A la par buscó en la televisión videos de conciertos de reguetón, de la cual muchos dicen como esta no es música, sino un llamado directo a dejarse vencer por libidinosos instintos. Empezó a cantar los coros de las canciones de bajo talante, bailando a la par del público en los vídeos.

Luisito se durmió. Sandra procuró ponerse a la par con Lizet en las copas de vino consumidas, como ella, prescindió de sus ropas al bailar. Tras un par de canciones, las dos estaban perreando con contacto físico extremo. Tras otro par de canciones ya se besaban de modo apasionado. Terminaron acostadas en la cama matrimonial donde se desprendieron de sus pantis, esa última y mínima barrera entre sus cuerpos empezando a explorar con sus bocas y sus manos esta área ya desprotegida, disfrutando de múltiples orgasmos, hasta cuando exhaustas, permanecieron abrazadas desnudas, sin fuerzas, compartiendo hasta el amanecer el calor de sus cuerpos.

El frío reinante en la madrugada y su propia necesidad de ir al baño despertaron a Lizet. De manera cuidadosa se levantó sin despertar a

Sandra. Ya tranquila, tomó la sudadera que traía en su morral vistiéndose y calzando sus zapatillas deportivas. Tomó una cobija y cubrió con ella a Sandra, quien ya inconsciente se encorvaba por el frío, a continuación, se ocupó de Luisito quien acababa de despertar llevándolo al baño y vistiéndolo con su ropa deportiva. Salieron juntos a intentar ver las aves que insistentes gorjeaban en su búsqueda de alimento. Esto despertó el hambre en el chico, los dos se dirigieron al restaurante a buscar: para Lizet un café negro como era diaria costumbre al iniciar el día y, para Luisito, un desayuno completo con huevos revueltos, café con leche, jugo y una provocativa canasta de panes variados. Los dos gozaron. El uno comiendo su desayuno y Lizet viéndolo comer mientras disfrutaba su café.

Regresaron a la habitación casi una hora después de haber salido de la misma. Sandra aún estaba dormida. Se despertó al oír los ruidos producidos por ellos al llegar y el infaltable encender del televisor, como es costumbre en los niños en sus días de descanso.

—Buenos días, —se dijeron mutuamente felices por el simple hecho de estar vivos.

—¡Ay!, mi cabeza, —agregó Sandra llevándose las manos a la misma, la cual sentía pesada por efecto del vino consumido.

—Es verdad, duele un poco, —agregó Lizet al sentir, en la queja de Sandra, como también ella tenía un dolor igual.

Las dos se quedaron contemplando la una a la otra, querían saber cuáles eran los pensamientos y sentimientos mutuos. Ellas, sin buscarlo y empujadas por las circunstancias, habían terminado compartiendo, una intimidad entre mujeres, qué para Lizet era su primera vez despertando en esta a un mundo de nuevas y agradables sensaciones y, para Sandra, otra ocasión en cuanto al sexo, más no así en su sentir hacia Lizet, quien, para este momento, al decir lo menos, sus sentimientos hacia ella eran por ahora confusos, pero no se arrepentía de haber vivido esa dulce experiencia de la noche anterior.

Se levantó desnuda como estaba, se les acercó dándole a cada uno de ellos un ligero beso en los labios. A Luisito, del modo acostumbrado de saludarlo cada mañana vertiendo en ello su amor de madre y, para Lizet, su beso fue de una tranquila pasión. Esos pocos segundos los sintió interminables. Quería explorar y comprobar en la boca de su compañera las respuestas a sus preguntas que se encontraban irresueltas, quien, en sus ojos también interrogaba a Sandra del porqué de tantas sensaciones disfrutadas.

Una vez terminado ese cauto beso, Sandra se dirigió a tomar una ducha caliente para sentir la agradable sensación del agua vivificándola al recorrer su cuerpo, para después vestirse y retornar todos al restaurante a desayunar. Se dirigieron después a reposar un rato en sillas reclinables dispuestas en rededor de la piscina, como preámbulo a una caminata por el sendero ecológico existente anexo al hotel. Terminada su excursión por el sendero, pasaron de nuevo por el restaurante a almorzar y se dirigieron a la habitación a dormir una corta siesta, para después tomar sus cosas, hacer entrega del cuarto e ir a tomar el teleférico para trasladarse al otro costado del parque. Tomaron este ya cerrando la tarde para partir a la ciudad a continuar con sus vidas, callando sus sentimientos, disimulando, queriendo hacerse fuertes pensando como entre las dos no había pasado nada, pero, donde en cada uno de sus corazones, estaba sembrada una semilla de redención para sus vidas, al igual que otra de posible destrucción de estas, en las fotos de ellas hechas virares por sus victimarios en redes sociales, hecho que deberían enfrentar a partir del día siguiente.

Así fue. A la mañana siguiente, una vez llegó Lizet a recibir a los chicos de su clase, en su lugar estaba otra chica quien le dio un recado: debía presentarse de inmediato con Lucía, la dueña y directora del plantel, quien la esperaba.

No era cuestión de darle largas. Sabía lo que tendría que enfrentar. Se presentó ante ella.

En la oficina estaba Lucía con Frank, su esposo. Ella con cara de pocos amigos y él, simulando igual apariencia, cuando en realidad sus ojos destilaban un deseo morboso al mirarla a ella de forma alternativa con la pantalla de su celular, donde ojeaba las fotos de ella y Sandra desnudas y en su imaginación poseyéndolas.

 Las fotos, era seguro, ya estaban en poder de todos los relacionados con el colegio: fueran profesores, padres de familia y aún, los chicos mayores a quienes sus padres, de un modo imprudente les entregaron de modo prematuro un celular por el que estos jóvenes prepúberes quedaban expuestos a la perversión y la pérdida de su inocencia.

—¿Me puedes explicar que es esto? —Le dijo Lucía mostrándole en la pantalla de su celular la foto más escandalosa entre todas ellas.

—Lizet ya sabía desde antes de entrar como tendría que enfrentar esta llamada. Venía con sus respuestas preparadas, por lo que respondió desde el primer momento:

—Eso es parte de mi vida privada, —agregando con convencimiento, —no es algo a lo que deba responder.

--¿Cómo se te ocurre decir eso? —Le increpó Lucía.

—Tengo a todos los padres de familia pidiendo tu despido. Por ahora, quedas de inmediato suspendida hasta que este asunto quede por completo resuelto. —Ah, y Luisito, el hijo de Sandra, tu compinche en esta historia queda expulsado a partir de este momento. Ya di orden en la portería de cómo ni Sandra, ni su hijo pueden volver a entrar al colegio.

Lizet salió de inmediato de la oficina con destino a la portería y allí estaban los dos. Sandra reclamando por la expulsión de Luisito y este llorando por no poder regresar con sus amigos a compartir las clases y los recreos.

Lizet empezó a intentar consolar al chico mientras instaba a Sandra a retirarse de la portería para ir a discutir la situación con calma y buscar como salir de este embrollo que, por el momento, parecía irresoluble.

La fama de Sandra se había propagado de boca en boca entre los padres que llegaban a traer a sus hijos al colegio. Las mujeres eran en especial duras con ella, comentando a su paso para que Sandra y Lizet las escucharan:

—Ahí van las dos callejeras.

—No podemos permitir que estén cerca de nuestros maridos.

—Tienen que expulsarlas a las dos.

—La veneca ya pervirtió a la profesora, ¿cómo será con nuestros esposos que son débiles y se les mete el demonio?

—¡Qué las echen a las dos!, ¡qué las echen!

Las dos subieron al auto de Lizet y partieron para ir al apartamento de esta.

No esperaban una reacción tan dura de rechazo sin algo de comprensión cuando ellas fueron las víctimas de un acoso por parte de una banda de violadores en potencia que estaban a punto de destruir sus vidas.

La reacción de las madres las estaba condenando sin darles oportunidad de defenderse. Tenían que buscar la forma de revertir la situación para mostrar la realidad y el daño a ellas causado.

Al día siguiente se presentaron a la puerta del colegio con la denuncia y con carteles, que pegaron en las paredes, del abuso del que fueron objeto al ser expuesta su intimidad, su desnudez, sin su consentimiento y, como se salvaron de una posible violación en los baños del camping por haber sido vistos en su acción por Luisito. Esto les permitió reaccionar antes de ser atacadas, lo que convertía al niño en un héroe- Su denuncia, corroborada por la administración del campo, y también por declaraciones de testigos de cómo sus acosadores las habían seguido hasta la sede del parque en el cañón del Chicamocha a donde, la administración del complejo las llevó pensando con eso hacerles a ellas un desagravio, de algún modo, se volvieron a encontrar con sus atacantes.

Al verlos, Sandra había reaccionado por el acoso recibido y dejó de un botellazo fuera de combate al cabecilla de este grupo, quienes huyeron de nuevo, no sin antes ser fotografiados por muchos clientes del restaurante, haciendo de ellos el nuevo chisme en redes sociales.

Las chicas también informaron a los medios de comunicación de su protesta. Estos fueron a las puertas del colegio para recoger testimonios en frente del mismo.

Lucía, al ver llegar a los periodistas, de inmediato invitó a seguir a su oficina a las chicas, cosa que ellas no hicieron en toda la mañana para ganar audiencia. El caso obtuvo la atención del país, a través de medios y redes, con las chicas portando camisetas con leyendas en pecho y espalda, rezando la de Lizet "soy profesora y fui abusada" exijo mi trabajo y respeto, y en la de Sandra: "soy puta y fui abusada" exijo respeto y ambas portaban cachuchas que rezaban: "Luisito es un héroe" y quiere estudiar.

Al fin y al cabo, cualquier oficio, libremente ejercido, en servicio debe ser respetado, así como, no se le pueden cortar las alas a los niños cerrándole las puertas del colegio.

QUÉ QUEDA

—¿Qué queda?, — preguntó Sandra a Lizet.

Por el pequeño apartamento estudio de Lizet parecía haber pasado un tornado.

Ella, quien siempre se había distinguido por su orden y pulcritud, casi rayando a ser una conducta patológica, estaba preparando y repartiendo café y galletas compradas en la panadería vecina del barrio.

En el piso y sobre sus muebles estaban tiradas bolsas y desechos de basura producidos por muchas mujeres que, en el par de días después de iniciada su protesta por la injusta suspensión de Lizet en su trabajo, se unieron a su causa exigiendo su reintegro inmediato, así como readmitir a Luisito como alumno del colegio. Su apartamento se convirtió en el centro de comando de dicha protesta, donde se buscaba manifestarles su solidaridad a las dos, en la reivindicación de la intimidad y la imagen como derechos de cada individuo a manejar a la propia conveniencia.

Las fotos de Sandra y Lizet desnudas, tomadas a ellas de modo subrepticio y vistas ya por decenas de miles de personas que, en la curiosidad de su novedad, alcanzaron cotas virales de visualización por su constante reenvió en redes sociales desde su origen. Estas fueron tomadas sin su conocimiento y menos aún su autorización, en la privacidad de un baño que, aun siendo público, por ser de servicio para los visitantes del complejo turístico, se da por cierto que este se asemeja a un espacio privado y, por lo tanto, está protegido en su intimidad por la ley. Pese a esto, a haber sido lanzadas a redes de modo ilegal, fueron compartidas de modo agresivo en Internet. Las dos fueron vilipendiadas por miles de curiosos que de forma morbosa se solazaban en su desnudez, sin faltar aquellos que crearon con estas imágenes morbosos memes y montajes, convirtiendo su desnudez en un producto de consumo y, sin duda alguna, fuente de ingresos y explotación para sus creadores, como con seguridad, también fueron fuente de innumerables masturbaciones de hombres y mujeres con sus fotos que en su lozana belleza buscaron satisfacerse.

—A mí me quedas tú, —con coquetería le contestó Lizet, radiante como estaba al sentir haber despertado a nuevos goces en su sexualidad este domingo en que se le entregó a Sandra en el paseo.

Las dos noches después de haber llegado de su fin de semana juntas fueron una pequeña ventana al cielo abierto ante sus ojos. Estaba dichosa gozándolo y su dicha no era ajena Sandra. Los cuerpos de las dos se convirtieron, en sus encuentros, en un campo de gloria que, pareciendo batallas, no había en las mismas lugar a las derrotas, pues de ellas ambas salían victoriosas.

—Pero chica, no es de eso lo que te hablo, —le contestó Sandra compartiéndole una sonrisa, —¿yo lo que quiero saber es si aún tenemos café y galletas para compartir con las amigas llegando?

—¡Ah!, bueno, en ese caso, temo decirte que ya no quedan. —Contestó Lizet, al tiempo que levantaba sus brazos a la altura de su cintura y moviéndolos paralelos en sentidos contrarios, trazando un no con ellos para enfatizar su respuesta.

—¡Bah!, no importa. Entre todas haremos una vaca. —contestaron casi en coro algunas de las chicas que recién entraban.

La protesta ya entraba en su tercer día y tomó en los mismos una repercusión nacional. Para muchos una extranjera ofreciéndose en las calles no podía pedir que su imagen fuera respetada, para otros, su derecho de decidir sobre su cuerpo y con quien compartirlo ,siendo su imagen parte de este, requería plena libertad.

Al final, Lizet fue readmitida en su trabajo y la protesta perdió momento y se olvidó. Fantasmas nacen cada día y el nuevo mata al anterior.

No obstante, al interior del colegio la situación se volvió insostenible para ellas. Sufrían un manoteo constante dentro del mismo de cada persona en el plantel que las afectaba tanto a ellas, como a todos los niños en el mismo. Pensando en eso, Sandra tomó la decisión de partir continuando su viaje a Bogotá, como el lugar donde mejor podía llegar a realizarse.

—Yo he vuelto a mi vida, —le manifestó Sandra a Lizet pasada una semana de su regreso al colegio, quien ya conocía de su andar en las calles antes de llegar ella a su vida y como Sandra seguía de modo abierto en el mismo, sin importarle.

Lizet supo cómo no podría revertir esa elección. Todos en el colegio estaban siendo afectados por el morbo provocado por su relación, donde cada uno por pecar o no admitir lo que a sus ojos era pecado, este estaba a punto de sufrir una implosión.

—No podemos seguir juntas, —Las dos reflexionaron.

Tras solo dos semanas de haber alcanzado la gloria de sus cuerpos, las dos estaban siendo, como Eva, lanzadas fuera de este, su paraíso. Al segundo domingo de haber llegado del paseo, decidieron darse tiempo y distancia para ver qué tan fuerte era su relación abandonándola, para ver si el tiempo marcaba o no, una posibilidad para su goce, cuando este, su paraíso, se había convertido en un infierno.

Aprovecharon el día para ir a pasear junto a Luisito al jardín botánico. Tuvieron allí ocasión de ilustrarse de la variada flora de la región recolectada y mantenida en el parque, de ver su inmensa jaula con la altura de dos pisos y un área de unos cien metros cuadrados donde mantenían decenas de cacatúas y loros quienes, con sus constantes graznidos ensordecedores le abrieron la puerta a su cerrado mundo siendo este mini cosmos una muestra de cómo funciona el mundo entero.

Almorzaron con comida por ellas preparada para disfrutarla. Al modo de Adán y Eva gozaron de su manzana marcando, para ellas, con su pícnic sobre este prado, el fin de su paraíso.

Ya llegada la noche, disfrutaron de sus cuerpos por última vez, sin saber si algún día llegaría a repetirse, en la intimidad en la habitación de Lizet, con la certeza de su despedida. Se amaron con una pasión tranquila. Pareciera, para cada una de ellas, como si estuvieran abandonando a su pareja para ir a luchar duras batallas en la guerra silenciosa del prejuicio social que, en el momento, en sus actuales circunstancias, les habían vencido en este terreno movedizo, sin saber si allí mismo moría lo que con tanta ilusión nació.

A las cinco de la mañana del lunes despertaron.

—¿Ya es hora?, —preguntó Lizet sabiendo ella la respuesta.

—Si, mi amor —contestó Sandra, que tenía guardada esta manifestación de sus sentimientos sintetizada en esta palabra, «amor» que ella no había entregado antes a Lizet, sino que la tenía guardada, como una joya de despedida para entregar cuando ya estaba marcada su partida, procediendo de inmediato a levantarse.

Un suave beso de Lizet selló en sus labios la respuesta a su manifestación de amor, quedando por siempre congelada esta imagen en sus recuerdos, para guardarla de por vida, sin saber hacia adelante si las circunstancias y la necesidad les harían volver a vivir el compartir o permanecerían residiendo en estos momentos álgidos del pudo ser.

El equipaje con que Sandra partía se había reducido al mínimo posible hasta hacerlo caber en un morral.

Sandra tenía cita a las seis de la mañana con varios de sus coterráneos en el puente del viaducto ubicado en la salida sur de la ciudad. Principio del camino a Bogotá. Desde allí iniciarían todos ellos esta nueva etapa de sus viajes.

Ella habría podido, para este tránsito, haber comprado pasajes por avión para ella y su hijo. Viajar cómoda en un vuelo de media hora para estar en la capital, pero no lo hizo convencida como era valioso vivir este esfuerzo y experiencia.

Lizet le había rogado tomar un vuelo, pero ella, obstinada, se negó. Sentía que no era justo con los suyos no hacer esta ruta que casi todos realizaban a pie por carencia absoluta de recursos.

—Es una soberana estupidez esto que haces, —le dijo de nuevo con disgusto Lizet al momento de dejarla en el lugar. Un grupo de veinte caminantes entre hombres, mujeres y niños estaban ya allí reunidos esperando fueran las siete de la mañana para comenzar la primera jornada de esta segunda etapa del camino que para cada uno marcaba su ilusión.

—Tranquila, No te preocupes. —Fue su respuesta.

Cada una, a su modo, estableció en ese momento un cordón donde el sentimiento les sostenía juntas, a pesar de que la distancia empezaba allí a abrir una brecha entre las dos.

Para llegar a Bogotá, Sandra tendría que recorrer quinientos kilómetros que, a un ritmo medio de treinta y cinco diarios, le tomaría quince días lograrlo si es que no la vencía en el entretanto algún imprevisto o peligro en el camino.

Los caminantes partieron en su ruta según lo acordado siendo las siete de la mañana. Al cabo de un par de horas en la misma, así como para ellas había llegado de improviso la tormenta de pasión que a ellas las unió por tan poco tiempo para después cambiar su sentido y separarlas, pronto, sobre el firmamento, se fue formando el presagio de una tormenta.

El entusiasmo inicial del grupo, donde varios llevaban banderas de su patria; bien sobre sus espaldas a modo de una manta o bien en objetos de uso como morrales y camisetas, cada uno queriendo vivir de este modo su nacionalidad en lejanía, fueron perdiendo brillo cuando el sol, pese a ser apenas media mañana se fue ocultando tras un cielo tiñéndose de nubes negras como el presagio del chubasco por venir.

Una fuerte precipitación se inició cuanto contabilizaban tres horas de marcha, obligándolos a buscar refugio en negocios de paso localizados a la entrada a la carretera a la Mesa de los Santos, meseta por excelencia donde muchas familias de Bucaramanga tienen casas de campo.

Como era de esperarse, el grupo inicial de veinticinco caminantes en viaje se fragmentó en la medida de las posibilidades de cada uno, donde algunos, conseguían aventones en algunos vehículos, otros rogaban y lograban subirse a buses con destino a la capital negociando las mutuas necesidades del inmigrante y del transportador de llenar sillas vacías en sus vehículos, los llevaban por una tarifa reducida, honrando con eso esa antigua hermandad que une nuestros pueblos.

Sandra prefirió pernoctar en el lugar para seguir luchando en el camino. La mayoría de los miembros del grupo inicial de inmigrantes se había marchado.

Se acostó sobre el piso de cemento envuelta en su manta, colocó su morral como almohada y la cara de su hijo sobre su pecho abrazándolo. Junto a ellos estaban otros cinco miembros del grupo inicial de veinticinco caminantes; cuatro hombres y una mujer de nombre María, con quien de inmediato sellaron una amistad, de esas que se dan en las mutuas desventuras que, o bien, pueden durar el remanente de la vida con un lazo que este compartir vuelve indisoluble para honrar el esfuerzo o, de otro modo, puede durar solo el breve lapso en que este se resuelve y se quiere olvidar el sinsabor que el dolor compartido produjo.

Así, en dos días más llegaron a San Gil, ciudad situada a cien kilómetros del punto de partida.

—Ya no doy más, —pensó Sandra. —El esfuerzo de cargar mi morral y la mayor parte del tiempo a Luisito, me están pasando factura. Junto a María decidimos quedarnos un par de días en San Gil para retomar fuerzas y buscar otra forma de continuar nuestro camino.

De nuevo nos alojamos en un campamento para migrantes ubicado junto a la cárcel de la ciudad.

Después de dos días ya nos sentíamos repuestas para continuar nuestro viaje. Nos unimos de nuevo a otra célula de migrantes compuesta por tres personas, dos hombres, Marco y Fidel, hijos de la mujer que marchaba con ellos, de nombre Leonor, quien debe tener una edad cercana a los cuarenta y cinco años y sus hijos parecen tener veinte y veintidós. Se está haciendo recurrente encontrar personas algo mayores en esta travesía, lo que es señal de una desmejora mayor de las condiciones de vida en nuestra patria.

Con ellos partimos hacia Socorro. La siguiente ciudad de algún tamaño en el mapa y distante de este punto de partida veintitrés kilómetros, lo que hace factible llegar a ella en menos de tres horas de marcha, por lo que, saliendo a las nueve de la mañana, deberíamos estar en ella sobre las doce.

Ya llegando a este destino entramos a una tienda a refrescarnos. Solicitamos nos regalaran agua y compartimos entre los seis tres almuerzos corrientes que en estas poblaciones son baratos y abundantes.

Ya saliendo, Luisito me dice:

—Mira mamá, —señalándome al hombre entrando al restaurante. Es quien abusó de mí y Lizet fotografiándonos desnudas y a quien yo herí en la cabeza con una botella. Venía acompañado de otro hombre.

Traté, en esta ocasión, de pasar desapercibida junto a él, pero tambíen el sujeto me reconoce y con furia dice:

—Mira donde me vengo a encontrar la maldita puta que me rompió la cabeza.

Intentó atacarme. Marco y Fidel se interpusieron entre nosotros.

Se forma, de nuevo, otra trifulca con el mismo agresor en compañía de su amigo, a quién ahora reconozco, junto a otros tres, también fue partícipe de ese abuso, lo que a ellos les pareció un chiste.

Por unos pocos minutos todo es un caos de empujones y gritos, entretanto los dueños del sitio llamaron a la policía. Esta llega casi enseguida, pues, tienen un comando de atención inmediata muy cerca del restaurante y son clientes habituales en el mismo. De allí despacharon cuatro uniformados en dos motos para atender el llamado, procediendo a sacarnos a todos del lugar, registrándonos en busca de armas, revisaron nuestras cédulas de identidad, de las cuales tomaron nota para confrontar nuestros nombres con su base de datos, ordenándonos a todos dirigirnos al centro de atención inmediata para tomarnos declaración a cada uno y, establecer con base en ello, la responsabilidad de cada cual en la reyerta buscando se respondiera por los daños causados en el negocio según valoración de su propietario en una comisaría.

Exceptuando yo, junto a María, quien quiso acompañarme, así ella no participara en la trifulca, nadie más se presentó a rendir su declaración.

Leonor junto a sus hijos continuaron su camino a Bogotá buscando la forma de no pasar por el centro de atención policial en su camino de atravesar el pueblo.

Los agresores, quienes sabían cómo ya tenían una denuncia contra ellos por abuso, no acudieron a la citación no tanto para no responder por los gastos causados que al final eran de una mínima cuantía, sino por su temor a las consecuencias penales de su agresión que, ahora, ya identificados, los llevaría a un juicio con consecuencias penales dentro de las cuales podía estar la cárcel.

—Señor agente, este es el resumen del porqué de la trifulca en el restaurante, —le expresé al policía quien me atendió, quien tomó mi declaración para ampliar y personalizar con ello nuestra anterior denuncia.

Lo mismo le expresé a Lizet quien sé sorprendió y asustó con el relato de los sucesos vividos desde nuestra despedida.

—No me aguanto más la incertidumbre, —me dijo, —si tú no tomas en este mismo momento un bus para ir a Bogotá, te juro que salgo de inmediato a recogerte allí donde estás y seré yo misma quien te lleve hasta la capital.

Sus palabras tenían la firmeza de una orden.

—Ya mismo te transfiero dinero para que puedas hacerlo. —terminó.

Efectivamente, al rato pude ver en el saldo de mi tarjeta débito la suma remitida y fuimos junto a María a comprar pasajes para las dos. Luisito por tener solo tres años cumplidos no paga pasaje, aunque tampoco tiene derecho a silla a menos que en el vehículo haya una libre. El compromiso es llevarlo en las piernas y así lo hicimos las dos.

A la una de la mañana ya estábamos desembarcando, al término de nuestro viaje, en la terminal de transporte de Bogotá.

Muy temprano para ir a buscar a mis amigos de la capital quienes, insistentes, presionaron mi venida.

Con María nos despedimos intercambiando nuestros números para poder ponernos en contacto en el futuro si acaso fuera necesario el apoyo de una a la otra. Partió junto a un hombre a quien había llamado y vino a buscarla.

Mientras esperaba a que el sol se asomara detrás de los cerros tutelares de la ciudad, ubicados al oriente de esta, por lo que este siempre les besa a ellos antes de mostrarle la cara a la capital con lo que esta vista bendice a quien lo observa llamé a Lizet.

A esta y a cualquier hora sí me es permitido llamarla. Ella siempre se alegra al escucharme.

Así también fue esta vez. En esta ocasión me dijo:

—Me alegro tanto que ya estés en Bogotá. No pude dormir esperando tu llamada. —Espero te sirva todo esto de experiencia.

—Esto es lo que queda y has de aprender.

Ya después de esto, estuvimos chismorreando por casi dos horas, ella abrigada en su cama y yo, recibiendo la bienvenida de Bogotá en su clima frío, en esta hora no mayor de diez grados, deseando estar en este momento junto a ella y pensando si algún día en el futuro volveremos a vernos.

POR AHORA TODO

—Gracias mí Dios. Qué modo de dormir tan relajante. —Sandra se sentía reanimada por las seis horas de sueño que tuvo de corrido en el bus con su hijo extendido sobre las piernas de ella y María, profundamente dormido. Dada la inclinación de las sillas y los descansa pies de cada asiento, él quedó acunado y abrigado con las mantas de camino de las dos.

Sandra pudo disfrutar de este regalo de un sueño tranquilo después de sus tres días de caminata donde todo fue inquietud. Dormir profunda, con sueños tranquilos, sin pesadillas no era poca cosa.

Poder desprenderse del mundo mientras la imaginación onírica se extravía en un posible futuro mejor. Eso es un tesoro a la usanza de esos goces del espíritu que se inscriben en el pundonor de una verdad a medias en que se goza de una vida bella, asiendo a un lado las vicisitudes; tal como gozó el chico aquel de la película, a quien su padre la muerte le leyó como un juego en el campo de concentración.

Estas horas de relax terminaron con la llegada del bus al terminal cuando el conductor encendió las luces y anunció la llegada a su destino del vehículo a la una de la mañana. El frío de la capital se le metió en el alma para poner a esta y a su cuerpo en un punto de congelación de cero grados.

Sus amigos, aquellos de los que en su viaje hasta la capital creía tener y que esperó con paciencia dieran las seis de la mañana para llamarlos a una hora prudente y hablar con ellos, no respondieron sus incontables llamadas. No sabía que había pasado con ellos. En cada intento de marcación, la computadora del sistema le daba siempre la misma respuesta al marcar dicho número: «El número marcado no se encuentra en servicio» y así, una y otra vez, hasta completar al menos diez llamadas perdidas, cuando empezó a convencerse de que, por alguna razón, este número estaba muerto. Este era, pensó con desagrado, el único medio de contacto que ella tenía de ellos, con lo que en esta ciudad de diez millones de personas era un imposible pensar en algún otro modo de contactarlos.

Solo tenía una pista, en alguna ocasión en que esa línea estaba viva, ellos hablaron de cómo vivían en el barrio más alto de Bogotá.

Salió a la bahía de espera de los taxis cargando a su hijo y su morral. Se puso a averiguar entre los conductores cuál podría ser este barrio, y aunque no hubo unanimidad en el criterio, al menos tres de a quienes preguntó le dijeron como el barrio El Cielo era el más alto de la capital.

No pudo embarcarse en ninguno de estos vehículos. Al preguntar la tarifa hasta allí, esta excedía el dinero que ella tenía y debía dedicar parte de este para comprar algo para desayunar para Luisito y para ella, pues el hambre ya en los dos se estaba haciendo sentir.

Compró para compartir un caldo de carne acompañado de arepa. Fue suficiente para calmar su agonía. Para llegar al barrio El Cielo, recurrieron, por indicación y lástima con ella de alguno de los taxistas, a utilizar una competencia ingrata para ellos. Los transportes piratas, donde viejos vehículos particulares son usados para mover pasajeros de modo colectivo de a cinco personas en cada ocasión, con lo que la tarifa plena del taxi quedaba en una cuarta parte, aunque igual quedaba la comodidad.

Lo importante era llegar. Después de una hora y media de viaje por las vías taponadas de la capital llegaron a la plaza central del barrio, donde el taxista le expresó que hasta allí la podía llevar. Alrededor de dicho parque existían varios moteles baratos, si es que no se quiere utilizar el término real para ellos de inquilinatos. En estos ella podía buscar una habitación permanente por un módico precio, donde si ella no podía pagar la tarifa semanal, le cobraban día a día, pero esto le aumentaba el precio a la habitación.

—Si, ni para un pinche día tengo, —pensó ella.

Fue a sentarse a una banca en el parque. Luisito se estaba poniendo inquieto con justa razón. El viaje, las incomodidades. Él, a pesar de ser un infante, estaba a punto de estallar y efectivamente estalló. Su paciencia se había colmado; empezó a llorar profiriendo gritos de lamento que ella no lograba calmar.

Las personas que pasaban junto a ella la miraban con extrañeza. Algunos con expresión de indiferencia, otros de tristeza, pero todos pasaban de largo sin brindarle u ofrecerle alguna ayuda.

Ella prefería que fueran más rudos con ella para no ser objeto de su lástima, que es un sentimiento vil de creerse ante quien sufre superior.

Estaba con ganas de echarse también a llorar cuando oyó a su lado a alguien diciéndole:

—¡Hey!, amiga, ¿necesitas ayuda?

Volteó a mirar para examinar quien le hablaba.

Podría decir que, si no fuera por su piel blanca y su cabello rubio, está mujer podría ser ella misma.

Tendría su misma edad, vestía con él mismo tipo de atuendos que ella usaba para salir de callejera en Bucaramanga; minifalda ajustada, blusa top ceñida, zapatillas de tiras dejando ver la totalidad de sus pies. Todo su atuendo dispuesto para atraer el amor o, al menos, la pasión y el deseo.

La chica se sentó junto a ella y extendiendo su mano le dijo:

—Mucho gusto, soy Tori.

—Sandra tomó su mano e igual le dijo:

—El gusto es mío, soy Sandra.

—¿Y quién es esta preciosura, —dijo Tori tomando a Luisito para ponerlo sobre sus piernas? El chico cortó de inmediato su llanto embozando una sonrisa gigante a la que unió u largo abrazo, como fundiéndose los dos en uno solo.

Tori sintió en este abrazo estar abrazando a su hijo Tico, a quien dejó de meses de nacido al cuidado de su madre, para ir a buscar a su padre, Yósep a Paris, y buscar los tres juntos conformar una familia, Como, pensaba, también era el deseo de quien por un tiempo fuera su compañero mas, todo se tornó en una pesadilla sin poder regresar pronto a Colombia, donde al año de vida, su hijo Tico enfermó y murió y un año después murió su madre de pena moral al culparse de la muerte de su nieto.

Cuatro años después de su muerte regresó a Colombia a buscarlo en su tumba. Renunció ante esta a poder estar de nuevo junto a él cuando la muerte tuviera a bien a ella llamarla, pero, ahora con Luisito abrazado, siendo de la misma edad que ahora tendría su Tico, quien sin conocerla cesara de inmediato su llanto para entregarle su abrazo y sonrisa. Esto le hizo sentir como si Tico hubiera regresado junto a ella a despedirse y otorgarle su perdón al conocer ahora Tico, desde el velo detrás de la muerte, cómo, su abandono, tuvo por motivo buscar para él y su abuela, en cuyos brazos él muriera; una vida mejor.

Se sintió redimida de su amargura. Unas lágrimas lentas en su congoja aliviaban su alma de la pesadilla de no encontrarle gusto a la vida. Desde su vida de cabarés en Francia bajo su heterónimo de Zeila, venía lento creciendo un deseo de acabar con su existencia y, solo hasta este momento de ese cálido y largo abrazo con Luisito, que una vez terminado dejo en el ambiente una fragancia de azucenas, logró ella sentir alivio para esa idea atroz.

Con esto el hielo se rompió entre las dos mujeres. Sandra, sin comprender el porqué del suave llanto de Tori al abrazar a su hijo, supo respetar sus lágrimas. Luisito, una vez terminado ese abrazo, se puso en pie antes las dos mujeres, y con la naturalidad de un niño quien aún no cumple sus cuatro años, les dijo:

—Vamos, es hora de almorzar:

En efecto, para ese momento ya habían pasado las dos de la tarde.

Sandra se sabía sin dinero en su cartera, para este momento tenía apenas unas pocas monedas en la misma. Del giro que le hiciera Lizet a su tarjeta débito ya no quedaba nada y así de hambre se muriera no quería volver a llamarla por otro giro. Tenía que darle una solución a esto por sí misma, pensó en ir a un restaurante a rogar por un intercambio de trabajo por comida. Se dispuso a partir con premura y vergüenza, sin despedirse de Tori, la extraña a su lado que, en este momento, con un pañuelo de papel, enjugaba sus lágrimas, quien, mientras esto hacía, les dijo:

—Sí, vamos a almorzar, yo invito.

Fueron a un restaurante popular cercano. Las dos mujeres se reconocieron como parte de este ejército sin nombre que, no teniendo un reconocimiento, todos lo presienten o lo saben. Su causa está en el secreto laberinto de su sangre dispuesta a complacer a quienes ellas elijan de entre todos aquellos que las desean para saciar lo que a ellos les acongoja, siendo ellas llamadas a colectar en sus cuerpos, aquello que a ellos les estremece en sus momentos de pasión.

Cada una de ellas y también Luisito, comieron con deleite a saciarse, cada una a su modo estaba dejando atrás viejos o nuevos dolores y, siendo ya tarde, sentían el momento como un amanecer donde sin hablar de su quehacer se comprendieron, brindándose Tori a llevarla a la pensión de doña Rita pagando para ella una semana de alojamiento mientras Sandra buscaba que hacer para mantenerse.

De esta manera quedo Sandra instalada con tranquilidad por el momento. Tori se dio de asueto esa noche. Quería compartir con Sandra y su hijo los saberes de su vida y, porque no, contarles de la suya, se sentía como estar haciéndole a su hijo Tico una confección, contándole como fueron los últimos años de su estadía en Francia.

—Todo lo que necesites y yo tenga puedes pedírmelo, será un placer compartirlo las dos,

—le dijo Tori a Sandra y en efecto, trajo para ella, alguna ropa, compró en los almacenes de ropa de segunda algunas prendas para el niño, también para la noche alguna comida donde estuvieron las dos por horas contándose sus vidas y aventuras, cada una fascinada con la vida de la otra hasta ya pasada la medianoche cuando Tori fue a dormir a su propia habitación sintiendo, en este extenso diálogo con Sandra, haber de algún modo hecho duelo a su madre, Rosana Abraham, quien partió en silencio a la eternidad carcomida por la pena de la muerte de Tico en sus brazos.

Sandra de su parte pudo dar alivio a todo lo vivido desde la noche en que, forzada por su novio en el campo de la universidad en medio de un concierto, quedó embarazada de Luisito, sentía como todo lo vivido desde ese momento fue por su y en la historia de Tori y su hijo perdido, sintió como las dos se entregarían enteras buscando para el chico lo mejor.

SUERTE PERRA Y PANA

La noche estaba fría y agobiante ante la perspectiva de no tener a donde ir a dormir. Sería esta la segunda ocasión que tal cosa me sucede. Pensaba Tori.

Eso ocurre cuando no se ha conseguido dinero para pagar por tres días seguidos la dormida en la pensión. Si el retraso pasa de este plazo; en caso de ser el encargado de la pensión un hombre, ella tendría la oportunidad de una cuarta y última noche para reunir lo adeudado antes de cerrársele la puerta de su habitación en la pensión. Ya para el quinto día, además de no dejarla entrar, retendrían confiscadas sus cosas hasta que el pago se produzca, pero, si la persona encargada de la pensión es una mujer, más si es una anciana sola, entonces la encargada no te dejará entrar desde la tercera noche. Por los poros de estas viejas se transpira una amargura que quiere desquitarse con cualquiera a su alcance y, si la inquilina en atraso es una mujer joven y hermosa como en su caso, entonces, hacer de la deudora su víctima es para la matrona un dulce deleite. Te clavan su ponzoña con más ardor y no te dejan entrar a la pensión desde la tercera noche. Esa fue la advertencia que la vieja Rita me hizo al salir de la pensión en horas de la tarde para ir a callejear buscando el sustento.

Ella me dijo, —Si esta noche no llegas con dinero para pagar una semana completa mejor ni vengas.

—Pero si únicamente le estoy debiendo dos noches. —Fue mi respuesta.

Pero la vieja sarnosa se afianzó en su respuesta.

—Ya lo sabes. Te espero con el pago de una semana. No quiero seguir cobrando a diario y prendiéndole a cada santo una vela. No me detuve a discutir con la matrona. La vieja camorrera quería sacar provecho de la situación, buscándole cinco patas al gato (pensé) mejor lo hago yéndome antes de que se me vuele la piedra y no pueda responder de lo que haga.

En una banca del parque me estaba esperando Sandra la Pana. La Chama, la veneca que llegó procedente de Mérida, su estado natal en Venezuela, con una larga parada en Bucaramanga, donde después de mendigar en las calles por tres meses con su hijo Luisito, de escasos tres años, sin conseguir trabajo, se decidió a ejercer el oficio de abrir las piernas. En este siempre hay oportunidades y más si se es bella con su color cobrizo de piel y sus medidas de reina como es la Pana.

Juntas caminamos a la avenida novena siendo apenas las seis de la tarde para esperar que llegaba. Muchas veces esta es una hora perfecta para pescar predadores que buscan en nuestras carnes calmar sus ausencias. Sin embargo, hasta las once de la noche no pintaba bien la jornada.

No era día de quincena cuando los trabajadores tienen dinero en sus bolsillos y se pueden dar por ese día su gusto, antes de ir con sus esposas o soledades a lidiar con escasez de emociones y excedentes de deudas. Ya a esta hora y, no habiendo llegado nada para ninguna de las dos, con nuestras piernas que ya no daban más de tanto estar paradas sosteniendo por turnos los postes de luz de la avenida o sentadas en una barda en el lugar; decidimos sacarnos las zapatillas y caminar hacia la calle donde se encontraba la pensión y la modesta casa compartida por la Chama con otras dos familias. Las baldosas de los andenes estaban húmedas y frías, lo cual resultaba reconfortante ante nuestro cansancio. Yo iba pensando como conmover a la vieja Rita a dejarme entrar a mi habitación a las buenas o a las malas, o en últimas rogarle posada a la Chama en su cuarto, cosa que sabía no le gustaría así al final terminara accediendo por tener en el mismo a su chamito y no le gustaba que este supiera de sus andanzas.

En ese momento llegó una tremenda camioneta Toyota burbuja de tres líneas con una pareja ocupando los puestos delanteros y dos hombres más, cada uno en una de las bancas traseras.

Nos propusieron ir todos a una fiesta de intercambio de parejas, donde nosotras iríamos de acompañantes de aquel par de hombres sin ellas. Que por el pago no nos preocupáramos, dijo el conductor y sacó del bolsillo un fajo de billetes de cien dólares y nos ofrecieron a cada una cinco de ellos por acompañarlos el resto de la noche.

Cada una, sabía, como eso nos representaría follar de tres a cinco veces en ese tiempo con tipos diferentes y era posible que también entrara en acción con alguna de las dos una mujer, mientras su pareja se trenzaba con su hombre para satisfacer sus mutuos gustos particulares.

La Chama se espantó por tal posibilidad, por lo que dijo: —conmigo no cuenten, —y empezó a alejarse del lugar.

Yo, viendo en este encuentro la posibilidad para arreglar mis apremios de dinero por al menos un mes y, viendo como estas personas estaban forradas de billete, la alcancé y le dije, —espera loca, venga y negociamos.

Les pedimos trescientos dólares más para cada una exigiendo el pago de inmediato a lo cual accedieron y, una vez recibido y guardado en nuestros bolsos el dinero, yo con gusto y la Chama a regañadientes nos subimos a su Toyota sin perder más tiempo.

Ya en el auto nos dimos cuenta como quien conducía era el cantante de rap y reggaetón famoso a nivel internacional conocido como Sr. Trap. A su lado iba su esposa, también famosa influenciadora de redes conocida como Sra. Nory, con cerca de medio millón de seguidores que gozaban con su irreverencia ante lo divino y lo humano.

Esta pareja era con frecuencia tema de conversación entre nosotras, con una mezcla permanente de admiración y de envidia.

 De sus compañeros no sabíamos nada. Los dos hombres, con apariencia de treintañeros, bien vestidos y apuestos, parecían actuar como aduladores de oficio de los primeros buscando pescar en ese río.

Nosotras clasificábamos para ser parte de sus juegos donde, sus miradas nos daban la impresión de catalogarnos como muñecas en su juego de chicos grandes. Abordando el auto, cada una de nosotras, tuvo que hacerse junto a uno de ellos en las dos líneas traseras del auto.

Apenas colocamos nuestro culo en el cojín, se lanzaron a tocarnos procurando ir en cada nueva caricia más lejos mientras con obscenos y vulgares piropos pretendían que nosotras les siguiéramos el juego.

Por un rato fue un tanto difícil contenerlos para evitar nos desnudaran allí mismo y poseernos antes de llegar a la fiesta, pero, con el viejo truco de estrujarle, al que me tocó en suerte, su miembro hasta hacerlo retorcer de dolor logré hacerle perder por ese momento las ganas mientras llegábamos a la fiesta.

Ambos hombres, casi al unísono, nos increparon:

—¡malditas putas!

De este modo logramos contener los avances de los dos. El uno por ser la víctima y el otro por temor a llegar también a serlo. E igual, ellos no importaban, pues al fin y al cabo iban a gozar gratis esta noche solo por adular a Sr. Trap y a la Sra. Nory, quienes, al darse cuenta de lo acontecido, esto les produjo un ataque de risa, que casi los hace atragantarse con su propia saliva y bueno, se veía también que eso era efecto de la fuerte traba en que andaban todos.

La fiesta tenía lugar en una lujosa casona en las afueras de la ciudad. Una vez llegamos pasamos por un vestier donde nos despojamos de nuestras ropas y nos dieron unas batas a media pierna de velo, diferenciándose las de mujeres y hombres únicamente en un borde en seda rosado en las de las mujeres.

En el salón ya se encontraban parejas acomodadas en amplios sofás donde se copulaba, se bebía o se consumían drogas aspiradas.

En el centro del sitio había una pista de baile, espacio que aprovechaban las parejas para acercarse unas a otras e intercambiarse entre ellas, Después de bailar una o dos canciones, o bien retornaban con su pareja anterior o se iban con la nueva a uno de los sofás disponibles en ese momento o simplemente se tiraban al piso cubierto de alfombras y cojines donde algunas parejas desnudas ya andaban en escarceos o desgonzados disfrutando de sus viajes producto de sus trabas.

Mauricio, el gilipollas que me tocó en suerte, habiendo desechado su bata sobre el sofá en el cual nos ubicamos, me brindaba a la vez su polla y un trago. Tomé ambos al mismo tiempo. La primera acaballándome en sus piernas, quedando sentada sobre ella con su miembro en mi cuca.

Tomé el vaso de licor despachándolo de un solo golpe para subir mi ánimo en la larga faena esperada para esa noche y me concentré en hacer llegar lo más pronto posible al pusilánime, haciendo girar mi cadera con mis piernas recogidas a ambos lados de sus muslos en un subir y bajar constante, para multiplicar la fricción sobre su polla, que no estaba mal en su tamaño, por encima de lo normal sin llegar a ser extraordinaria. Su rostro se descompuso de placer mientras, se entretenía con mis tetas mamándolas y jugueteando con ellas con sus manos, alternando estas sobre una y otra, jugaba con mis carnosos y oscuros pezones que yo sentía como se endurecían al contacto de su boca. Me despojó de mi bata tirándola al piso. Ya no la necesitaría más en toda la noche.

Era tiempo de asumir como todo el ambiente tomó la forma de una orgía romana, con todo dispuesto para el placer. Nosotros hacíamos nuestra parte en ella. Yo, con mis movimientos en aumento y él, a su vez haciendo su parte, subiendo y bajando sus caderas, con lo cual me penetraba más profundo. Los dos sentíamos como nuestras entrepiernas estaban mojadas de nuestras respectivas secreciones que endulzaban nuestros sentidos y así hubiéramos querido contenernos ya no fue posible. Tuvimos juntos un clímax simultáneo que nos dejó tendidos sobre el sofá, con el breve gozo de ser ángeles caídos, para una vez normalizada mi respiración y darme cuenta de una íntima sensación de disgusto por haber gozado de tal manera con aquel que en el antes y después de esta follada me parecía una persona repudiable.

Me levanté para ir al lavado de mujeres. Bueno, allí también acudían algunos quienes, habiendo llegado al mundo con sexo masculino no se sentían bien del todo o para nada satisfechos con este y buscaban definir otros géneros no binarios que pudieran abarcarlos.

Algunos tenían claros atractivos para seducir varones declarados por ellos mismos como hombres de pelo en pecho, pero, en este lugar, también ellos, sentían fuertes deseos de ceder a los atributos de estas beldades sin sentirse culpables.

Sandra llegó también al baño y se quejaba:

--No joda, me tocó el más toche.

Pero eso, antes de angustiarla la tranquilizaba. Eduardo era su nombre. Me pedía permiso para cada cosa.

--¿Qué si puedo abrazarte?,

—¿besarte?,

—¿cogerte las tetas?

—Exceptuando eso de besarme, que eso no me gusta hacerlo con los clientes. La verdad, muy pocas chicas lo hacen. Todo lo demás lo tienen permitido pagando el precio adecuado, —le decía yo,

—aclarándole, por todo eso, esta noche, ya Mr. Trap pagó y puedes tomarlo.

Después de eso, Habiendo prescindido de nuestras batas, instalados en un sofá, tomando vino como si estuviéramos teniendo una cena de negocios formal en un prestigioso restaurante, me decidí a tomar la iniciativa. Al paso tan lento como íbamos, terminaríamos cerrando nuestro negocio donde ninguno de los dos tendría ni perdida ni ganancia por estar las fuerzas desmotivadas.

Como toda chica en un noviazgo, lo primero que ella hace es darle a su pareja una buena mamada. Empecé con eso. Se sorprendió al lanzarme sobre él cogiendo en mi mano su picha y llevándola a mi boca chupándola con gusto, moviendo mi cabeza al ritmo de chupar su miembro que lo sentía crecer dentro de mi boca hasta cuando ya no pudo más y se vino dentro de ella. Escupí de inmediato su semen, la mejor forma de hacerle ver mi poco aprecio. Al momento Eduardo cayó tendido en el sofá como si se hubiera infartado de la emoción y así permaneció un rato el que yo aproveché para venir a los baños.

Ambas habíamos logrado cumplir con el primer paso del acuerdo para la noche y como habíamos hablado, nos encontramos en este sitio de descanso para nosotras donde, en ese momento estaban también allí un par de elles, como les gusta ser llamados por la indefinición de su género. Estaban riendo y escandalizando, su modo normal de demostrar la alegría.

—Bueno, ya empezamos, —dije yo tomando una botella de agua de las allí dispuestas para los invitados.

—Esperemos a ver como se sigue presentando la noche, —me contestó Tori mientras tomaba una corta ducha para refrescarse y asearse, lo cual yo imité, teniendo las dos cuidado de no mojar nuestros cabellos para que estos no perdieran su forma.

Los dos elles nos abordaron preguntando:

—¿Dónde están sus parejos churritos?

A las dos nos dio risa su pregunta, pero después, pensándolo mejor casi a coro, dijimos:

—¿Por qué no?, vamos y se los presentamos.

Los o las elles habían llegado al lugar como pareja buscando divertirse. En el lugar no era necesario que los dos miembros de una pareja fueran de diferente sexo, menos aún del mismo género. Eso al final, ni ellos mismos conocen en que género pueden ser clasificados y van acomodándose día a día de acuerdo con el lugar y sus circunstancias.

Que cada cual se goce su vida.

Ese era nuestro modo de pensar como putas.

Habiendo en géneros no dos como en el sexo, «hermafroditas naturales, no hay muchos» pero en cuanto a género, las personas se han inventado tantos que ya pasan de un centenar los catalogados y siguen aumentando.

—Vamos y se los presentamos.

Les dijimos. Cada una de nosotras tomó de gancho al azar a uno de ellos para dirigirnos a los respectivos sofás donde estaban nuestros parejos de ocasión esperándonos.

Pese a nuestro temor inicial que los elles fueran rechazados por nuestros parejos, ellos encantados empezaron a entablar conversación con estos. Mauricio con su elle tomó el papel de macho dominante, feliz de poder tener sexo con otro hombre. Bueno, al menos en la cabeza de su miembro, esto para él era poner una cereza en el pastel de su hombría. En tanto que Eduardo descubrió junto a su elle y nueva pareja, un mundo de sensaciones más allá de lo que anteriormente había vivido junto a mujeres y estas sensaciones estaban haciendo mella en él derrumbando sus barreras para lanzarlo, a partir de ese momento, a explorar esos nuevos goces en su vida.

Nosotras, como se suponía, debíamos estar a todo momento en parejas, nos sentamos las dos en otro sofá para tomarnos un vino y dialogar mientras gozábamos mirando el accionar de las parejas en nuestro rededor que se mostraban muy imaginativas y complacientes, como al rato pudimos constatar a ejemplo en nuestros parejos iniciales en acción cada uno con su elle, pero como reza un dicho: «no pueden ver un pobre acomodado», porque es seguro como al momento llegan a molestarlo.

Mr. Trap y su esposa Nory al vernos nos abordaron.

—Vengan con nosotros, —dijo él.

Claro, no había modo de decirles que no. Fuimos a su salón privado hecho de vidrio templado, todo en él a su gusto, que, si bien les daba privacidad sobre quien podía estar en él, en su transparencia, estaba a la vista de cualquiera para participar así junto a todos del goce visual de la fiesta.

Ninguno de los dos estaba esta noche, en especial deseoso de explayarse en tener múltiples contactos con otras personas, por lo que nos propusieron darles nosotras un espectáculo de sexo lésbico.

La verdad que por la amistad entre las dos nosotras tampoco estábamos tan de ánimo para hacerlo, nos miramos y sin más en esto estuvimos con esta mirada de acuerdo.

Dar un espectáculo pueden ser muchas cosas y Tori, en su personalidad de Zeila en Francia, actuando como dama de compañía en cabarés y en especial, como miembro ad honoren del grupo de coristas del cabaré "La Noche", podía decir como cada semana en su vida presenciaba un espectáculo burlesco diferente haciendo mofa de los personajes de moda. Como fan de Mr. Trap ella sabía de memoria muchas de sus canciones las cuales le gustaba cantar simulando ser ella Mr. Trap y copiar sus gestos al cantarlas.

—Haz poner pistas de tus canciones y verás lo que es un espectáculo. —Le dijo a Mr. Trap.

Se podía decir que Mr. Trap era el amo del lugar quien dio órdenes para hacerlo. No solo en cuanto a las pistas, sino que también sobre Tori se colocaron reflectores y otras luces para ambientar su mímica.

Su esposa Nory y yo, desnudas, hicimos el papel de bailarinas. Ella sabía de memoria todos los pasos de estas en el espectáculo de su esposo y yo, habiendo visto algunas veces sus videos, y con mis dotes naturales para bailar, me fue fácil seguir sus movimientos.

Lo que empezó siendo una mímica para un par de minutos y complacer a Mr. Trap, se convirtió en un espectáculo de media hora. Todas las parejas terminaron coreando y bailando en rededor de esta jaula de vidrio. Seguían nuestro espectáculo dejando por este tiempo a un lado sus juegos amatorios.

El final de este fue apoteósico. Mr. Trap se encargó de Tori. Ella le confesó como estuvo en Francia actuando en cabarés con el nombre de Zeila con éxito en espectáculos. Acostados, él la besó de modo apasionado, jugueteando entre tanto con todo su cuerpo empezando con sus senos y bajando a explorar su sonrisa vertical, conociendo de su creciente humedad. Ella le abrazaba y recorría su espalda, dejando ligeros surcos rojos con sus uñas que él sentía como pequeños corrientazos en su cuerpo. Su miembro empezó a sentir necesario buscar entre las carnes de Tori ya asumida en propiedad su personalidad de Zeila. La volteó tocando la espalda de Zeila su pecho aprovechando para colocar sus manos acunando los pechos de Zeila los cuales no eran excesivos sino exactos. No erran pequeños sino del tamaño de la estatua de Venus, con la reminiscencia de sus pezones, dulces como una colina hecha de helado sobre un cono con sus oscuros botones cual cerezas.

Estando los dos de medio lado, él parecía luchar con ellos como si este provocativo helado se estuviese derritiendo. Posó su mano derecha sobre la espalda de Tori para empujarla de modo leve buscando de ella una venia que ella entendió en su intención, se inclinó apoyando sus manos en sus piernas, tensando las mismas para hacer su trasero más accesible al embate en vaivén. Él le empujaba haciéndole sentir en cada golpe una sensación de bienestar en crecento, respondiendo ella en su entrega con una ligera flexión de sus piernas para atrapar dentro el miembro palpitante de Mr. Trap que, en busca de su consumación deseoso se entregaba, para de este modo, ella acrecentar su propio placer antes de caer vencida con un jadeo que magnificó su pasión, con la sensación de haber tocado el cielo.

Sandra, en tanto, mientras estaba siendo tomada en embate por Nory, abrió su mente a sus recuerdos. Lizet, húmeda estaba en ellos haciendo palpitar todo su ser. Aún no se cumplían un par de meses desde que, ellas de mutuo acuerdo se habían separado tras sentirse objeto de todas las miradas prejuiciosas y todo el morbo de imaginarlas a ellas haciendo el amor por aquellos que bañaban en ellas sus frustraciones con una capa de todo tipo de improperios. No pudo ya contenerse, se había jurado no yacer junto a otra mujer, así el conteo de los hombres en su vida estuviera cada semana rondando los veinte rostros diferentes. Su fidelidad para Lizet cayó esta noche. No pudo soportar tanto bailar junto a Nory con un alto contacto de sus cuerpos sin entregársele. Ella veía claro como Nory estaba en su misma condición. Las dos, al ver el a Mr. Trap acometer a Zeila sabían que ya no había ninguna excusa para ellas contenerse. Además, los presentes en la fiesta, quienes habían estado atentos a este improvisado espectáculo de baile de las dos, requiriendo la culminación de este, las animaban a dar rienda suelta a su pasión. Sintiendo este magnetismo que las tomaba, unieron sus manos para atraerse la una a la otra y sellar el inicio de su pasión con un largo beso.

—Por lo que queda de esta noche serás mía por completo, —me dijo Nory al oído.

Yo asentí mientras en mi mente recreaba mis noches junto a Lizet. Comparé en ellas la perfección de sus cuerpos, las suaves ondas en ellos, sus formas de guitarras, en Nory de modo ligero tendiente a la forma de una pera en la amplitud de sus caderas, generoso en su trasero, en este, las mallas licradas parecieran ser incapaces de contenerlo, con una generosidad tal que de cualquiera atraen su mirada. Quise asirme por largo tiempo en esta su forma, en su vientre plano y sus senos. Atrapar todo ello en mis manos y boca para saborear el salobre sabor de su sudor, así como ella recorría con su lengua mi cuerpo para tomar las dos del cuerpo de la otra este sabor que hace explosión en las papillas gustativas de nuestras lenguas, instrumento precioso que guarda del gusto sus secretos y ordena a nuestro cuerpo activarse para ir recorriendo con las manos la piel de nuestra pareja palmo a palmo, recorriendo su rostro, acariciando la textura del cabello, adentrando mis dedos en las fibras de su ser siendo explorado. Tomábamos, por momentos, cada una la iniciativa para dejarnos llevar por el instinto que sabe cuáles puntos en preferencia tocar en cada momento buscando una respuesta en igual dirección. Así, en esta llama sin descanso, las dos llegamos al poliorgasmo terminando, como Zeila y Mr. Trap con nuestros últimos clímax simultáneos.

Las parejas alrededor nos observaban como si todas estas folladas fueran parte del espectáculo.

Al modo de un circo romano, al ver la culminación de nuestros éxtasis, alzaron sus pulgares vitoreándonos y tirando, para nosotras las invitadas, por encima de la jaula billetes de diez, veinte y cincuenta dólares, que es la única moneda de uso en este lugar. Ellos de algún modo supieron de nuestra labor de callejeras y esperaban volver a vernos otras noches como espectáculo con las mismas u otras parejas. Con estas generosas propinas, casi triplicamos nuestra tarifa inicial, sin haber podido ninguno gravarnos en videos, pues en el lugar estaba estrictamente prohibido gravar y eran requisados y retenidos, cualquier celular y otro tipo de cámara así fueran minúsculas pues al desnudarnos en los vistieres nuestras ropas quedaban en custodia para evitarse el lugar de este modo ellos mismos o a cualquier cliente algún problema.

Regresamos finalmente al vestier y recuperamos nuestras ropas. Ya estaba amaneciendo, Tori y yo partimos en un lujoso Uber que Mr. Trap contrató para nosotras con la instrucción de dejarnos a cada una en nuestra vivienda, yo en el cuarto del apartamento que compartía con los amigos quienes me habían invitado a venirme a vivir a trabajar a Bogotá, que al final pagaron la cuenta de su móvil obteniendo así de nuevo su servicio y después de días en la capital me llamaron para disculparse por no haberse puesto antes en contacto conmigo invitándome a ir vivir con ellos cosa que por supuesto acepte pensando en Luisito.

—¿Cómo te pareció al final la noche?, —me preguntó Tori ya en el auto.

—Genial, la cosa estuvo genial. Qué más puedo yo decir, —le respondí.

Las dos estábamos muertas de sueño y el viaje desde el sitio de la fiesta hasta nuestras viviendas en el barrio El Cielo le tomó al conductor casi dos horas, tiempo que las dos aprovechamos para dormir.

Ya al llegar Tori me dijo al despedirse.

—¡Hey!, loca, te veo al menos en una semana. Con lo que hicimos esta noche me voy por este tiempo de descanso a Melgar, a tomar el sol, nadar, caminar sin nada de pendejos. Tenemos un descanso merecido.

Yo estuve de acuerdo. Igual me daría el mismo periodo de descanso, pero en mi caso, yo iría por avión hasta Mérida a visitar a mi vieja, llevándole de presente dulces y sus medicinas, las cuales allá no se consiguen con lo jodida que está la situación que me hizo huir para llegar a esta tu tierra.

Tal vez al regresar encontremos realizada la promesa que nos hizo Mr. Trap en su nombre y en el de Nory cuando al despedirse de nosotras nos dijo:

—Esperen unos días mis amores, quiero darles a las dos una sorpresa.

Acerca del autor:

RICARDO E MUÑOZ
Poeta y escritor colombiano
1.955

Redes sociales

YouTube-Textos
https://www.bit.ly/3dNJwax

Blogspot
https://rimuz-textos.blogspot.com/

Instagram
https://www.instagram.com/ricardomunozmilkas/

Blog - Wix
https://www.instagram.com/ricardomunozmilkas/

RICARDO E MUÑOZ

Libros disponibles en Amazon

En formato físico pedidos a:
ricardomunozp@hotmail.com

REFLEXIONES TEOLÓGICAS
Acerca de la divinidad y la trascendencia espiritual

CANTOS DE ALABANZA
Poesía y la fotografía como cantos de adoración

TRECEAVAS
Poemas y fotos sobre la cotidianidad humana

CUENTOS DEL CIELO
Historias cotidianas de este barrio imaginario

LOS OSORIO
Cuentos infantiles sobre la familia Osorio

DAMA DE COMPAÑÍA
Cuentos eróticos

SANDRA LA PANA
Cuentos eróticos